監禁

秋吉理香子

双葉社

監禁

装画　小山義人
装幀　國枝達也

1

悪夢から目が覚めた。

暗闇にどこまでも落ちていく夢だった。

冷たい底なしの沼。

こごえそうに寒く、耳鳴りがするほど静かだ。

何も聞こえず、息もできず、恐怖と絶望の中でもがいていた。苦しかった。

だから目が覚めたとき、ああ良かったと、まだわずかに夢の余韻が残る頭で思った。

それなのに——

悪夢は消えたはずなのに、僕は今も暗闇の中にいた。

何も見えない。何も聞こえない。息ができない。

口に何かを詰め込まれている。空気を求めて鼻で何度も呼吸をしたら、激しく咳き込んだ。

口の中に詰められているのは、柔らかくてざらざらしたものだった。タオル？　どうして？

それに、血の味がする。

体を動かそうとしたが、動かない。後ろ手に縛られている。足もだ。

いったい何が起こったんだ。ここはどこだ。

目を凝《こ》らそうと力を入れたとたん、激痛が走った。腫れているのか、じんじん疼《うず》き、熱を持っている。

全身が痛かった。頭も、背中も、足も。

まるで誰かに殴られたみたいに。

――そうだ、思い出した。

突然、誰かに襲われたのだ。

舞衣子《まいこ》は？

舞衣子は無事なのか？

名を呼ぼうとしても、タオル越しにこもった呻《うめ》き声が出るだけだった。

舞衣子……舞衣子……

どうか無事でいてくれ……

*

入院患者に少しでもクリスマスらしさを感じてもらえるように、ナースステーションの脇にはツリーが飾られている。普段は電飾をオンにしていないが、今日はイブなので特別に消灯時間までつけておくことになっていた。白いカルテや申し送り表に赤や緑のライトが映り込むのも、この時期ならではの風物詩だ。

日勤から夜勤への申し送りを受けていると、ナースコールが鳴った。

「十八号室。安達《あだち》さんだ」

日勤で受け持っていた看護師が、申し送り表を放り出して、小走りで向かう。

わたしの勤める花菱《はなびし》記念第一病院は二交代制だ。日勤が八時から十七時。夜勤が十六時半から明朝の八時半。交代時に重なる三十分の間に申し送りをする。

この時間帯が一番忙しい。申し送りと同時に、患者の対応をしなくてはならないからだ。

娘の舞衣子が生後五か月になった時、この病院へ転職した。当時は三交代制だったのが大きな理由だった。

二交代制は日勤が八時間（プラス休憩一時間）に対して夜勤が十六時間と、夜勤の勤務時間が圧倒的に長い。

一応仮眠として三時間ほどあてがわれているが、そんなものは正直、あってないようなものだ。ひっきりなしに鳴るナースコール、見回り、救急外来から急遽入院に回されてくる患者の対応、容態が急変した患者の家族への連絡など、休む暇もない。

その点、三交代制の場合だと日勤が八時半から十七時半、準夜勤が十五時半から〇時半、深夜勤が〇時から九時までと、全て八時間勤務となっている。

準夜勤の存在はありがたい。「準」でも「深」でも、夜勤と名のつくものは生活のリズムを保つのが難しいが、三交代制なら負担はかなり軽減されるのだ。

もちろん二交代制にもメリットはあるし、三交代制にもデメリットはある。前者は、なんといっても高額な夜勤手当が大きい。それに夜勤明けは一日まるまる休めるし、その翌日に有給を取れば連休となる。

けれども三交代制だとシフトの回転が速く、なかなかまとまった休みがとりにくい。準夜勤が連続で入ることもあるし、勤務形態が三パターンもあると、生活のリズムがめまぐるしく変わり、落ち着かない。それに三交代制では申し送りの回数が多くなるので時間を取られてしまうし、伝言ゲームのように微妙なずれが生じることも少なくない。患者からも、受け持ちが一日に三度も変わることに文句を言われることもある。

だから看護師になって間もないころは、あえて二交代制の病院を選び、積極的に夜勤を入れていた。夜勤明けの足で、映画や買い物へ繰り出すこともざらだった。平日のすいている時に思い切り遊ぶのは気分が良かったし、夜勤手当でリッチなランチや旅行にも行けた。

だけど赤ん坊が生まれると、状況は一変した。ほんの一瞬でもわたしの姿が見えないと泣き、わたしが抱っこしないと決して眠らず、わたしが沐浴させないと泣く。こんな状態では復帰しても日勤すらあやういと思ったが、生後二か月頃から少しずつわたしと離れることにも慣れていった。

復帰の可能性が見えてきたものの、夜勤は難しいと思った。まだまだ夜中に何度も起きてわたしを求める時期は続く。夜通し家にいられないのは致命的だ。だから転職サイトで三交代制の病院を探し、この病院へ移ってきたのだ。

この病院で働き始めてからも、舞衣子が一歳になるまでは日勤のみの約束だった。朝、駅前の保育園に預けて出勤し、夕方に舞衣子を拾って帰宅する。残業はなし。忙しい時間帯に準夜勤の看護師が入ってくれることで、比較的余裕のある労働環境だった。見込んだとおりだった。

この分なら夜勤が始まっても、育児と仕事をギリギリ両立してやっていけそうだ。

そう思っていたのに――

一歳になる直前に、二交代制に変わってしまったのだ。看護師は、とにかく慢性的に人手不足。女性の多い職場なので、誰かが常に産休や育休で休んでいる状態だ。働き続けてくれる人も多いが、中にはすぐに辞めてしまう人もいる。三交代のシフトを組むのが大変ということで、二交代制になってしまった。

夜勤は週に一度のペースだが、育児をして、家事をして、それからほぼ休憩なしの十六時間労働となると、本当にきつい。

３Ｋとかいう言葉があるけれど、看護師はそれどころか８Ｋだと常々感じている。「きつい」、「汚い」、「危険」に加えて、「休暇が取れない」、「帰れない」、「給料安い」、「規則が厳しい」、「化粧が乗らない」と続く。

夜勤に復帰して以来ずっと、体は悲鳴をあげていた。

「三田《みた》さん？　大丈夫？」

ハッとして顔を上げる。

看護師全員の視線が、わたしに集中していた。申し送りの最中に、寝てしまったらしい。しかも立ったまま。

この病棟では、わたしが一番年下だ。師長、副師長はそれぞれ勤続三十三年と三十年。その下も勤続二十五年以上なんてざらで、わたしのすぐ上の先輩でさえすでに十五年以上のベテランだ。わたしのような五年めなんて、ひよっこもいいところだ。居眠りなんて、当然許されない。

「しっかりしてよね。いくら今日で最後とはいえ、気を抜かないで。思わぬ事故につながるわ」

太めのがっちりとした体格で、声も大きい師長が、威圧的な口調で叱った。

「すみません」

慌てて頭を下げる。

そう。

わたしの勤務は、今日で最後なのだ。

「全くもう。ただでさえ年末年始は手が足りないっていうのにねえ」

師長が不機嫌そうに続ける。

「ご迷惑をおかけして、本当に申し訳ありません」

さらに深く頭を下げた。

舞衣子が歩き始めてから、育児がもたらす体の負担が激増した。少しも目を離せないし、抱っこもおんぶも重い。寝不足の体にはきつかった。だから一か月ほど前、日勤を多めにしてほしいとお願いしたのだが、

「わたしが子育てをしていた頃は、夜勤を渋る人なんていなかったわ。だってプロだもの」

と師長は大きなため息をついた。

「わからないのよねえ。最近の母親は、どうしてそんなに育児を大層に捉えるの？　わたしの時代なんて電子レンジはなかったし、出来合いの離乳食だって売ってないし、乾燥機もなかったし、コンビニもないし、ネットで買い物もできなかった。

夫が手伝ってくれないのは当たり前だし、お姑さんの食事を作ったりもしなくちゃいけなかったのよ。

昔より、今は格段に楽になっているじゃない。それなのにワンオペ育児だなんだって文句を言って。わたしからすれば、甘えとしか思えないわ」

そう言われてしまうと、何も反論できなかった。実際に、夜勤もこなしながら三人の子供を育て上げた人なのだ。

「中野《なかの》さんだって、山口《やまぐち》さんだって、あなたと同じくらいのお子さんいるでしょ？　しかも中

野さんは上の子もいるし、山口さんなんてシングルマザーよ。だけど二人ともバリバリ夜勤をこなしてるじゃない。むしろ、夜勤手当が欲しいから多めに入れてほしいって言われてるくらいよ。ガッツがあるわ。

あなたのとこ、一人っ子なんでしょ？　恥ずかしくないの？　どうして無理なのか理解に苦しむわ。

あなたに必要なのは、自覚ね。子育てにおいても、看護師の仕事においても、常にプロでありなさい」

話し合いは、それで終わりだった。

同じ立場――いや、それ以上に厳しい環境にある同僚がしっかりと夜勤をこなしている以上、自分だけ優遇してくれとはとても頼めなかった。

残された道は、ひとつしかない――退職だ。

「そうですか。いいですよ、こちらもフルで入ってくださる人を雇いたいので」

師長はあっさりと認めた。が、最終日をちょうど一か月後の十二月二十四日にしたいと言うと、眉をしかめた。

「それは困るわ。年末年始に人手不足なのは、あなただって知ってるでしょう?」

「だけど、娘と過ごしてやりたいので。クリスマスも、お正月も」

わたしは譲らなかった。もう辞めるのだ。怖いものなどない。

師長はふんと鼻を鳴らし、苦い顔で言った。

「わかりました。仕方ないでしょう。あなたのように仕事から逃げる人は要りません」

舞衣子のためなのだから、逃げだとは思わなかった。母親として当然のことをしたと思っている。

せっかくなので年末年始は舞衣子とゆっくり過ごし、落ち着いたら個人経営のクリニックなど入院設備がなく一切夜勤のない職場を探そうとその時に決めた。

それにしても、一連のやり取りは明らかにマタハラだったと思う。

最近は院内のトラブルも多いので、この病院にもコンプライアンス室があり、セクハラ、パワハラ、モラハラなどがあれば、即刻相談しに行くように言われている。

今回のことを告発しようかと少し考えたものの、結局はやめた。

いくら匿名の告発が認められていても、内容からわたしだと絶対にばれてしまう。師長は他の病院やクリニックにも知り合いが多く、再就職に響かないとも限らないからだ。

「――以上です。それではよろしくお願いいたします」

日勤に出ていた副師長が申し送りを締めくくった。よろしくお願いします、と声をそろえる夜勤組に、わたしも慌てて加わった。

「三田さん、色々とお世話になりました」

「また遊びに来てくださいね」

日勤を終えた同僚が、帰る前に挨拶に来てくれる。

「これ、みんなからです。お別れのプレゼント」

時節柄、可愛らしくクリスマスラッピングされた箱を渡された。

「わあ、ありがとう。いいんですか？」

思いもかけないプレゼントだったので、つい箱を抱きしめる。

「気に入ってくれるといいんですけど」

「バスタオルなんです。娘さんと一緒に使えるものがいいかなって思って」

「オーガニックコットンなんですよ」

とみんなが口々に言った。

「タオルって何枚あっても困らないもんね。舞衣子にはブランケット代わりにも使えるし。本当にありがとう」

師長の咳払いが聞こえてきたので、わたしたちは顔を見合わせて舌を出した。

「じゃあ、プレゼントは休憩室に置いておきますね。今日の勤務が終わったら、忘れないで持って帰って下さいよ。本当にお疲れ様でした。お元気で」

「みんな、本当にありがとう」

手を振って日勤組を見送ると、わたしはもう一度申し送り表に目を通して自分の受け持ちを確認する。

合計四十人。休憩なんてほぼほぼ無理だろうな、とうんざりしつつ、そっとため息をついた。早速六号室からナースコールが鳴る。肺気腫で入院している患者だ。呼吸が苦しいからか、しょっちゅう呼び出しがある。きっとうまく痰を吐き出せないのだろう。

病室のドア脇に備え付けてある使い捨て手袋をはめ、入った。

ああ……みたさん……

マスク式の人工呼吸器にこもった弱々しい声が、手前のベッドから聞こえる。文字なら薄墨で書かれているような、そんな頼りのない、存在感のない声だ。ぜえぜえという苦し気な喘鳴《ぜんめい》の合間に、ごろごろと気道が鳴っている。七十五歳を過ぎた女性で、体力も肺機能も弱っており、痰を出すにも苦労するのだ。

「苦しいですね。一緒に排痰しましょうか」

優しく声をかけながら、酸素マスクを外してやる。わたしも昔風邪をこじらせて肺炎になったことがあるので、苦しさはよくわかった。

「はい、ゆっくり、ゆっくりでいいですよ」

仰向けに寝ていた老女の体に手を添え、右側を下にした体勢に変える。

「脇腹、押さえますね。苦しかったら言ってくださいね。はい、鼻から息を吸って……ゆっくりゆっくり、もう吸えないところまで吸ってください」

わたしの手のひらに、老女の骨の浮き出た脇腹が膨らむのが感じられる。

「じゃあ今度は、口からゆーっくり吐いてくださいね。……そうそう、上手ですよ。どうですか？　痰があがってきましたか？」

老女は目をしょぼしょぼさせるだけだった。

「じゃあもう一度やりましょうね。はい、鼻から吸って……」

何度か深呼吸を繰り返すうちに、ごろごろした音が喉元にあがってきた。すかさずステンレスのトレーをあてがう。

「いい感じです！　大きく息を吸って、ハッと吐き出しましょう。はーっ、はーっ」

ごぼ、という音と共に、黄緑色の痰が吐き出された。

「上手ですね。もう一度、はーってできますか？」

さらに痰が吐き出される。

「はい、休みましょうね。大丈夫ですか？　疲れてないですか？」

背中をさすりつつ、ゆっくりと仰向けにして再びマスクを装着する。ありがとう楽になりました、と、か細い声が聞こえた。

「三田さんて、本当におばあちゃんに優しいよね」

隣のベッドから、肺炎で入院している女子大生が感心したように言った。

「そうですか？　ありがとうございます」

意外と見られているものだと驚きながら、病室を出た。

自分では特に高齢者の患者を手厚くケアしているつもりはないのだが、確かに「三田さんは高齢患者さんの扱いがとても上手ね」とあの厳しい師長にも褒められたことがある。

郷里の母に姿を重ねているのだろうか。わたしの母は六十代半ばだが、暴力的な父に苦労させられたせいか、毛髪は真っ白で、実際の年齢よりもずっと老けて見える。知らず知らず、「もしもこの患者さんが母だったら」と思いながら看護をしているのかもしれない。

さまざまなナースコールに対応しながら夕方のバイタルチェックを済ませたり、食前に服用する薬を飲ませたりしているうちに夕食の時間になった。

「三田さん、今のうちに食事休憩とっておいて」

師長に言われたので、休憩室に行った。テーブルの上にわたしへのプレゼントと、夜勤用に支給されている弁当が置いてある。

椅子に座ると、どっと疲れが襲ってきた。申し送りをしてから今まで、一瞬たりとも座っていない。お腹もペコペコだった。

弁当の蓋を開け、玉子焼きを一口放り込んだとき、ナースコールが聞こえた。ナースステーションを覗くと、全員出払っている。受け持ちの病室ではなかったが、お茶で食べ物を流し込むと急いで休憩室を出た。弁当を支給されるものの、いつも忙しすぎて結局ほとんど口にすることはできない。きっと今夜もそうなるんだろう。けれども最後の日だと思えば、食事がとれないことくらいは我慢できる。

「どうされましたか？」

個室のドアを開けると、ステージ２の肺がんを患う六十代の男性が「トイレに行きたくて」とおずおずと言う。

配膳前に言えばいいのに、と心の中で思いながらも笑顔を作り、食事のトレーをサイドテーブルに置き、オーバーテーブルとサイドレールを取り外す。それから天井から点滴ハンガーに吊るされている薬液を、点滴スタンドに付け替えた。

「どうぞ」

うながすが、ベッドから立ち上がろうとしない。

「ちょっと肩を貸してほしいんだけど」

ぼそぼそと言った。

自力歩行できるはずなのにと訝《いぶか》しみながらも、男性の肩の下に自分の肩を差し入れて持ち上げる。やせ細っている割に男性は重く、なんとか支えながら室内のトイレへ連れて行った。

男性は全体重を預けてくる。こんなに足腰が弱っているはずないんだけど。

「はい、座りますよ？　いいですか？　いち、に、さんで下ろしますからね」

「いや……立ったまま、しようと思って」

やはり俯いて、ぼそぼそと言う。

「え？　だけど立てないんですよね？」

「だから……このまま支えといてください」

「はあ、いいですけど」

体重に耐えながら、男性が用を足すのを待つ。しかし、彼は一向に動く様子がない。

「大丈夫ですか？」

「……出してくださいよ」

男性が、少し血走った目でわたしを見た。

「はい？」

「出してくださいよ、僕の。だって片手、点滴してるし」

「え？　でもそれくらいできますよね」

「できません。看護師さんの手で、引っ張り出してください」

男性の息が荒かった。彼の体は不自然なほど密着し、わたしの肩に回されている腕が、さりげなく胸を触っている。

ああ、そういうことか。

「やっぱり座ってしまいましょうねー」

肩に回されていた腕を無理矢理はがすと、男性の体を便器の方へ押し出し、有無を言わさず便座に座らせた。

「これなら手は使えますよね。終わったら、またナースコールで教えてください。ベッドに戻るのを、師長が手伝ってくれると思いますので」

　迫力あるたくましい体つきで、いつも仏頂面の師長の顔が浮かんだのだろう。男はチッと舌打ちした。

「では、どうぞごゆっくり」

　満面の笑顔で言ってやり、トイレの引き戸を閉めた。足どり荒く、休憩室へ向かう。まだ体を押し付けられている感覚と、胸を触られていた感触が残っていた。

　ああ、ムカつく。

　けれども今日で最後だと思うと、うまくあしらうことができた。そんな自分を褒めてやりたかった。

「あー、いるよね、触ってくる奴！　あたしが新人だった頃なんか『触ってくるくらい可愛いもんじゃない。軽く手でも叩いておけばいいのよ』って、当時の師長に言われたわ」

　触られたことを愚痴るたび、師長に言われたものだ。

　可愛いなんて思えるはずがない。電車でやれば犯罪になることが、病室でならいいのか？健康な人であれば犯罪になるが、病人であればお咎めはないのか？　健康な人に触られたらいやなことも、病人なら仕方がないと泣き寝入りしなければならないのか？

　そんなの、おかしい。間違ってる。患者に触られたり、性器を見せられたり、いやらしいことを言われたりするたび、不愉快だし、傷ついてきた。

最近は患者によるセクハラも問題視され、この病院内にも警備員を増やしてはいるが、それは主に外来での話だ。病棟には常駐していない。もしもいたとしても、よほど悪質だったり身の危険を感じるもの以外は、いちいち駆け込んでいられないだろう。そんなことをしていたら業務が回らなくなる。

「『処女でもあるまいし』って医者に笑われたんだから。意地悪だよねー。『どうせ相手はもうすぐ死ぬんだからいいじゃないか』とも言われたなあ。『それも仕事のうち』とか『冥土の土産《みやげ》だ』とか。あははー、やだやだ」

これも「わたしが新人だった頃は」という枕詞で始まるいつもの師長のせりふだった。実際に師長がわたしにそういうことを言えば、完全なハラスメントになってしまう。だから昔の自分のことにすり替えるふりをして、わたしに言い聞かせているのだ。夜勤シフトに関しては平気でマタハラ発言をするくせに、なぜだかこういうことに関しては敏感なのだった。

看護師を全力で守ってくれる師長がいる一方で、そうではない師長も、もちろんいる。残念ながらこの病棟の師長は、味方にはなってくれない。

だからセクハラにあった日には、家に帰ってもいらいらしてしまい、優しい気持ちで舞衣子に接することができなかった。そしてそんな自分がいやで仕方がなかった。

でもこれからは、そんなこともなくなる。ゆったりとした気持ちで舞衣子を可愛がり、今しか見られない成長を見守ることができるのだ。そう思うとさっきの不愉快な出来事など吹き飛び、嬉しさで心は満たされる。

それなのに——

なぜだろう、まだ心がべっとりと黒いもので覆われている。

ああ、そうか。

この怒りには、別の憤りが混じっているからだ。

あんな、死にかけのじじいにすら触られるのに、どうして自分の夫は全く触ってくれないのだ、と。

いつからなんだろう。夫の雅之《まさゆき》とセックスレスになってしまったのは。

互いの生活のリズムが合わず、家で一緒にいても片方が寝ていたりして顔を合わせる時間もない。いつの間にか会話も減り、触れ合う機会なんてなくなっていた。

愛情が冷めているわけではない。ただただ疲弊しきって、お互いに愛情を示すことができなくなっている。

だから、思いがけず得られたこの年末年始の休暇で、夫婦関係を修復したいと思っていた。

あらためて関係を育んで、雅之にプレッシャーをかけずに自然にセックスレスを解消したい。

ゆくゆくは二人目も欲しいと思っている。

休憩室に戻ったものの、すっかり食欲は失せていた。冷めた米飯と魚を少し食べ、あとはサービスでついていた小さなクリスマスケーキをつついた。
一応休憩は交替で取ることになってはいるが、いつナースコールが鳴るかと思うとちっとも気が休まらない。特に最後の日なのだから、ひとつのミスもなく終えなければと気を張っている。だからファッション誌やグルメ雑誌の最新号があっても、手を伸ばす気になれなかった。
今のうちに、プレゼントをしまっておこう。わたしは立ち上がり、隣のロッカールームへ行った。
鍵を開け、プレゼントをバッグの上に置こうとしたとき、サイドポケットに入れたスマートフォンの通知ランプがチカチカ光っているのに気がついた。
スマートフォンを取り出すと、夫からラインでメッセージが入っていた。
『お仕事お疲れ様💐
明日のクリスマスは僕も、なんとか休みを取れたよ
三人でお祝いしようね
あと、クリスマスプレゼントとして……
明日は僕が掃除と洗濯をするよ！
&料理も作ってあげます
メニューのリクエストを受けつけ中

何がいいか教えてね☺
年末年始に向けて、大掃除も手伝うよー
なんでも協力するから言ってね』

読んだ時、嬉しいと思いつつ……なんだかモヤモヤした。

悪気はないのだろう。けれどもわたしはフルタイムで働き、しかも週に一回の夜勤もこなしている状況で、家事のほとんどを負担してきた。クリスマスにだけプレゼントとして家事を引き受けてくれるのではなく、日常的にもう少し協力してほしい。本当は分担して当たり前のことを、プレゼントだなんて言われるのはしっくりこない。

それに、大掃除や洗濯を「手伝う」とか「協力する」というのも、本来ならおかしいのではないか。自分が暮らしている家を掃除し、自分の着ている服を洗濯するのに。

雅之の、こういう無邪気なところが、時々腹立たしくなる。無邪気というより、能天気。大らかというよりは、無神経。悪気がなければ許されるというものでは決してない。事実、古くからの悪しきセクハラやマタハラなどは、全て「悪気がない」という建前で続けられ、罰せられずにきたではないか。

以前、さりげなく言ってみたことがある。

「もうちょっと、家事を負担してくれないかな。今のままだと、八割方、わたしがやっているから」

だけど雅之は、心外だという顔をした。

「僕だって、やってるつもりだけどな。ゴミ出しも僕だし、洗濯だってするし、スーパーへの買い物だってマメに行ってる方じゃないか？」

そうなんだけど。そのゴミは、誰が分別してまとめているの？　洗濯は洗剤を入れて機械を回すだけで、干すのはわたし。取りこむのも畳むのもわたし。スーパーへは確かに行ってくれるけれど、買い物を頼む前に献立を考えて、冷蔵庫にあるものと照らし合わせ、そして必要なものをリスト化するのもわたしの仕事だ。

夫に家事を分担させるために日々どれだけの労力が必要なのか、雅之はきっと気がついていない。それどころか、かなり家事を負担しているという認識でいるのだろう。

このメッセージだって、そうだ。一読すると、わたしのことを想い、わたしの食べたいものを作ってあげたいという愛情が感じられる。

だけど正直、好物を作ってくれるより、たとえ好物じゃなくても自分で考えて作ってくれた方が嬉しい――というか心から助かる。それでなくても毎日、献立に悩まされているのだ。どうして「僕が作ってあげます」というメニューを、この忙しすぎて疲れ切った頭でひねり出さなくちゃいけないの？

だけど、もちろんそんなことを書きはしない。思ったことを何でも言ってしまったら、どんどん関係は歪んでいくだけだ。発してしまった言葉は取り消せない。あとで後悔しそうな言葉は、発してはいけない。とくにメッセージは文字で残るから。いくら送信取り消し機能で消せたとしても、心には刻み付けられる――深く、深く。

「わーい！　やったー！

ありがとう

なんでもいいよ　なんでも嬉しいな」

ハートのスタンプ。

お願いだから察して、という願いを込めて。

送信した後、スマートフォンをバッグにしまい、ロッカーの扉を閉める。去りかけた時に、ロッカーの薄い金属をバイブ機能が震わせた。

そろそろ行かないと。

わかっているのに、どんなメニューを考えてくれたのか、つい気になって再びロッカーを開ける。

「僕もなんでもいいよ～

どんと任せて」

思わず脱力し、スマートフォンを放り出しそうになる。

だから、そうじゃないんだってば。

こんなことで、いちいち煩《わずら》わせないで。

わたしを労《ねぎら》いたいんなら、自分で考えてほしい。

それに一緒に暮らしているんだから、わたしの好きな食べ物くらいわかるでしょう?

勢いでそこまでテキストを打ち、送信ボタンを押そうとして……踏みとどまる。発した言葉は取り消せない、とさっきまで理性的に自制したのに。

ため息をつきつつ、全て消去した。

そして、

「じゃあシチューがいいな」

もうスタンプは送らない。それすら面倒くさかった。

『シチューね、オッケー‼🐱

ホワイトシチュー?

ビーフシチュー?』

ああ、もう。

そこまで指示しなくちゃいけないの?

どっちでもいい、と送信しかけたが、エンドレスな応酬になるのは目に見えている。

『ホワイト』

それだけ打って、今度こそスマートフォンをしまい、ロッカーに鍵をかけた。

出て行く間際に低く唸るような音がしたが、もう振り向かなかった。

＊

ソファに座って舞衣子に哺乳瓶でミルクをやっていると、コーヒーテーブルの上のスマートフォンが震えた。

開けると『ありがとう!』という猫のスタンプが届いている。三時間ほど前の『ホワイトシチューだね、ＯＫ』というメッセージに対しての返信だった。

三時間も間が空いたのは、夕食後の投薬や消灯前の見回りなど、走り回っていたからだろう。今から仮眠時間で、スマートフォンを開けたのかもしれない。

舞衣子を縦抱きにして、背中をとんとんと叩く。一般的には首が座ったころから自分でげっぷができるようになるのだが、舞衣子は一歳を過ぎても時々ミルクを噴水のように吐き戻す。根気よく背中をさすっていると、やっと大きなげっぷが出た。

「おお、えらいでちゅねー」

頰ずりをすると、舞衣子はきゃっきゃと笑い声をあげた。

さて、ホワイトシチューか。

舞衣子を抱き上げ、キッチンへ行く。まな板の上に、切りかけのにんじんがあった。ホワイトシチューなら幼児食にもぴったりだ。できるだけ丁寧に作って、舞衣子にも食べさせてやるつもりだった。

きっと泣くだろうなと思いつつも、ベビーベッドに舞衣子を寝かせてみる。案の定、ぎゃんぎゃん泣き喚いた。

「はいはい、わかったわかった」

ソファに戻り、ベビーキャリアで背中におぶる。さすがに重く、立ち上がる時に腰が痛くなった。

このベビーキャリアの耐荷重は二十キログラムで、四歳ごろまで使えると説明書に書いてあった。いくらベビーキャリアが丈夫でも、とてもじゃないが四歳まで使いたいとは思わない。キッチンへ戻り、料理の続きにとりかかる。

離乳食にも流用するとなると、野菜も肉も、もっと細かく刻まなければいけないだろう。僕は包丁を両手で横に持ち、にんじんをタンタンタンと刻み始めた。舞衣子が、高い笑い声をあげる。振動が心地いいらしい。

「面白いか？　それじゃあ、もういっちょ。今度はじゃがいもさんだぞ」

タンタンタン……

きゃっきゃっきゃっきゃ。

料理をしながらあやすことに大成功しつつ、玉ねぎ、ほうれん草など次々と材料を刻み終える。さてタンパク質はどうしようかと冷蔵庫を開けた。鶏肉と鮭があった。少し迷って、鶏肉にする。

丁寧に皮と脂肪を包丁で取り除き、それから小さく刻んでいく。

材料を全て離乳食サイズに切り終えたら、ホワイトソースづくりだ。出してあったシチューのルーの箱を仕舞い、冷蔵庫の野菜室に保管してある小麦粉とバターを取り出す。舞衣子の健康を考えたら、添加物の入ったルーなんて使えるはずがない。そもそも塩分も高い。

鍋に入れた小麦粉をバターで炒める。香ばしくてよい匂いが部屋中に広がった。牛乳を足しつつ、焦げつかないように木べらで混ぜる。集中しているうちに、いつの間にか舞衣子は眠ってしまっていた。笑い疲れたのだろう。笑って眠る——最高に健康的じゃないか。

火を小さくして、そうっとベビーベッドへ行く。慎重に慎重に、ゆっくりと背中から下ろし、ベッドに横たえる……と、再び泣き始めた。

慌てて抱き上げようとしたとき、ぷりぷりと音がして、たちまち便の臭いがただよう。

「うわ、ちょっと待って。おい、暴れちゃダメだよ」

慌ててコンロの火を止めに行った。

量が多かったのか、おむつの脇から便がもれて、足が汚れている。僕の服にも、あやうく便がついてしまうところだった。急いで風呂場へ向かう。

風呂場で浴槽のへりに手をつかせて立たせ、おむつを破る。丸めてビニール袋に入れ、汚れた尻をシャワーで流してやる。舞衣子はすっかりご機嫌になり、だーだー、と言いながら両足をばちゃばちゃさせている。

「よしよし。気持ちいいでちゅねー。きれいきれいちまちょうねー」

なぜだか、ごく自然に赤ちゃん言葉になってしまう。わざとしているわけでもなんでもなく、この可愛らしい顔を見るとそうなってしまうのだ。

ベビーソープで下半身を洗うと、体が温まっているうちに柔らかなバスタオルにくるんだ。パンツタイプのおむつを穿《は》かせ、風邪を引かないようにカバーオールを着せる。首から足の先まですっぽりくるまれ、ぬいぐるみみたいに愛くるしい。本当は一歳サイズだが、舞衣子は小柄なのでまだまだ着られる。可愛いので、サイズアウトするまでは着せるつもりだ。

暖房の効いたリビングに戻り、しばらくはご機嫌におもちゃで遊んでいたが、眠くなってきたのかぐずり始めた。抱っこして、リビングをゆっくりと歩き回る。なかなか寝てくれない。抱っこでほどよく体を揺らすこと一時間。やっと寝息を立て始めた。

そろそろ大丈夫だろう、と慎重にベビーベッドに置いた。今度こそ、眠り続けてくれている。ホッとしながら、ブランケットをかける。

ずっと同じ姿勢で八キロもある赤ん坊を抱えていたから、首と腕の筋肉がかたまっている。軽く肩を回し、ちょっと休んでからシチューの続きをと思っていたら、また泣き声が聞こえてきた。

最初からやり直し。抱きかかえ、あやし、両腕をゆりかごのようにしてゆすり、子守歌を歌い、赤ちゃん言葉でなだめ……

どんな育児の苦労も、赤ん坊の笑顔を見れば吹き飛ぶ……なんていうのは嘘だよなあ、と汗だくになりながらつくづく思う。育児ノイローゼになる人がいるのも充分理解できる。子育ては待ったなしだし、なんといっても命がかかっている。育児は二十四時間、休みなし。これほど大変な仕事はない。自分が当事者になってみて、しみじみ感じた。

ただ……自分が男だからだろうか、外での仕事だって育児と同じくらい、いや、時にはそれ以上に大変だと思っている。だから、育児と家事を平等に負担するなんて不公平だと感じてしまうのだ。

僕は医者だけど開業医ではないし大病院に勤めていて、しかもまだ後期研修医だから、上は部長の顔色をうかがうし、下は後輩の指導に苦労させられるし、厳しい師長には頭は上がらないし、宿直はあるし、オンコールでしょっちゅう夜中でも呼び出されるし、なかなか辛い立場だ。そんなだから、家事だって半々というわけにはいかない。

由紀恵《ゆきえ》だって同じ医療従事者だから、てっきりその辺りは重々わかってくれていると思っていた。それなのに、ある朝当直から帰宅すると、「話があるの」と深刻な顔で言われた。

舞衣子はベビー布団の中で寝息を立てていた。目尻に涙が浮かんでいたので、さんざんぐずって、やっとさっき寝たのだろう。由紀恵と僕は、粉ミルクが飛び散り、絵本やおもちゃ、取り込まれたままの洗濯物などで覆われたソファに何とかスペースを見つけ、向かい合って座った。

「わたしたち、共働きだよね。いくらわたしが育休中でも、全て丸投げっておかしくない？」

丸投げなんてしているつもりはなかった。

母乳をやるのが大変なのもわかるから早い段階で粉ミルクに切り替えたし、僕も哺乳瓶の煮沸消毒からミルクづくり、そして飲ませてげっぷをさせるところまでやってきた。寝かしつけだって、沐浴だって、できる時にはせいいっぱい手を差し伸べてきたつもりだった。

だけどそう言うと、

「〝手を差し伸べる〟？　それ、どういう意味？　育児なんて、そもそも最初から二人でやるべきものじゃないの？　あなただって当事者なのよ。手を差し伸べるだなんて言い方が、他人《ひと》事《ごと》だって思ってる証拠じゃない」

と強い口調で言われた。

「そういう意味じゃないよ。自分が当事者だって、もちろんわかってる。だけど僕だってせいいっぱい協力して、助けられるところは助けてきたつもりだよ」

「協力っていう言葉もおかしくないかな。助けるという言葉にも他人事感が透けて見える」

「ちょっと待ってくれよ。僕、世間的にはじゅうぶんイクメンの部類に入ると――」

「イクメンねえ」

由紀恵がため息をついた。

「イクママとかイクジョという言葉はないのにね。女が育児をするのは当たり前なのに、男がするとイクメンともちあげられるのはなぜなの」

由紀恵の攻撃は、ずっと続いた。僕は寝不足でふらふらで、早く休みたいのに。

「僕が〝手を差し伸べ〟ようが、〝協力〟しようが、〝助け〟ようが、イクメンともちあげられようが、実際にやってるんだからいいじゃないか。

それに、家事を半分ずつ負担できないのは、何も遊びまわってるからじゃなくて、一生懸命働いているからだろ？　単純に僕の方が給料が多いし、家賃も多めに払ってる。生活費だってそうだ。ここの敷金礼金だって、全て僕が持った。家具も揃えた。車も買ったし、駐車場代だって払ってる。だから――」

「男って、すぐそういう風に言うのよね」

由紀恵が悲しそうにため息をついた。

「自分の方が稼いでるから、家事は女がするべきだって」

おいおいおい。

家事は女がするべきだ、なんてひと言も言ってないよ。あくまでも、僕と由紀恵の話をしている。

僕はほとんど家にいないし、だけどそれはちゃんと収入を得るために仕方なくて、家にいない間は物理的に育児できないわけだから、その分は由紀恵がメインでよろしく頼みます、と言ってるだけじゃないか。

だけどきっと、いや絶対、そう言えば百倍になって返ってくるのがわかっている。

「あのさ、あとで話せないか？　もうくたくただ。とりあえず寝かせてよ」

「わたしだって一睡もしてないんだよ」

由紀恵が僕を睨む。

「あなたはいいわよね。育児から逃げられるんだもの。休みなしで赤ん坊の世話をすることがどれほど大変か、あなたにはわからないんだわ。結局、負担は女にばっかり。あなたも育休を取ってくれたらよかったのに。今からでも取れないの？」

「いや……それはちょっと無理だよ。いくら育児休暇を推奨されたって、絶対的に取りにくい職場はある。特に医師はそのうちの一つなんじゃないか」

「だけど女医さんはどうなのよ。取りにくいって言っても、出産するために絶対に休まなくちゃいけないじゃない。ということは、男性だって本当に取ろうという意志さえあれば取れるんじゃないの。

ああ、そもそも女医っていう言葉、わたし好きじゃない。男医とは言わないのに、どうして女医なんていう言葉があるの？　変よね、おかしいよね。医者は最初から男性っていう前提ありきだわ」

「いや、だけどさ」

さすがにひと言、言っておきたかった。

由紀恵の目が光ったので、僕は慌てて言いなおす。

「そうやって女医が――」

「いや、女性医師が産休育休の時は、僕ら男性医師が支えてあげているんだ。僕らがいるからこそ、女性の医師だって産休や育休が取りやすくなるんじゃないか？」

男性も積極的に育休を取って、育休明けは時短勤務を徹底して子育てに関われる社会を――そんな風に推奨されて久しいが、実際にこの条件が叶ったら、きっと社会は回らない。最初から幻想で、最初から矛盾していると思う。

由紀恵は、やれやれといったように首を振った。

「支えてあげてるって、ものすごく上から目線じゃない？」

「いや、だけど、実際に現場は回していかなくちゃいけないんだし。女性医師が休めるのは、僕たち男性医師が頑張っているお陰っていう部分は絶対にあると思う」

ああ、なんだか口にするとニュアンスが若干変わってくる。差別的な意思なんて、一ミリもない。ただ単に、絶対に産休育休が必要である女性が心置きなく休めるように、医療現場では特に男性が体を張ってることも知ってもらいたいだけなのだ。別に感謝されるべきだとか、えらそうに思っているわけじゃない。

誰かがずっと戦力でいなければならない――そう言いたいだけだ。

舞衣子が生まれた時、僕だって取れるものなら育休を取りたかった。だけど実際そうしていたら、現場はめちゃくちゃになっただろうと思う。当時は二名が産休に入っていて、ちょうど我が家のように子供が生まれたばかりの男性医師も数名いた。その全員が育休に入ったら一体どうなっていたか？

男が育休を取れないのは、女性にその権利を存分に行使してもらいたいからだとも言えるんじゃないか。

「女性のせいだっていうの？　自分はそのしわよせを受けたって言いたいわけね」

正直、そういう部分がないわけじゃないと思う。医師不足で、産休代行の医師がすぐに見つかるわけじゃない。感謝してもらってもバチは当たらないと思うのだが、もちろんそんなことは言わず、黙っていた。

「あなたは、育児と家事がどれほど大変か、ぜんぜんわかっていないんじゃないかしら」

「わかってるよ。僕だって時々やってるわけだし」

「違うよ」

由紀恵が首を横に振る。

「時々やるのと、毎日絶対にやらなくちゃいけないのは、全然別ものなんだよ。仕事みたいに職場を出ればおしまいじゃない。文字通り二十四時間、ずっと働きっぱなしってこと。お金に換算したら、すごい金額になるほどの重労働なのよ。女性は――わたしは、そんな重労働を無償でやっているのよ」

　由紀恵が涙ぐむ。

　確かに、僕には思い当たることがあった。

　まだ独身で研修医になったばかりの頃、あまりにも散らかりすぎた部屋を何とかしたくてハウスキーピングを頼もうとした。正直、掃除なんて誰でもできる安価な仕事だと思っていたが、調べてみたらトイレとバス、キッチンの掃除で三万円、全ての部屋を片付けると十万円以上と言われた。その時初めて、掃除には非常に高額な価値があるのだと知り、大きな衝撃を受けたのだった。掃除だけでそうなのだから、料理や洗濯などを含めると、いったい総額いくらになるのか。おまけに、由紀恵には育児が加わるのだ。

「……君の言う通りだ。本当に感謝してる。ありがとう」

　あらためて言うと、彼女は少し救われたような表情をした。

「僕、ちょっと考えたんだけど……家事を負担してあげられない分、お金を払うのはどうかな」

　由紀恵の顔から表情が消える。

「由紀恵が適正だと思う価格でいい。時給五千円とかさ、いや、わかんないけど。とにかく由紀恵の気がすむような――」

　由紀恵がぽろぽろと涙を流し始めた。

「どうしてあなたって、そんなに無神経なの？　わたし、お金が欲しいなんて言った？」

「いや、変な意味じゃないんだってば」

僕は慌てた。

「ただ、君に重労働の負担がかかっているのは事実だろう？　僕が手を貸し……いや、一緒にできない分、せめてお金で――」

「ひどい。どうしてそんな発想になるの。お金で解決ができると思ってるの？」

どうしてそんなに責められなくちゃいけないんだ？　僕は僕なりに、一生懸命考えた結果なのに。物理的に半分を負担できないんだから、仕方がないと思う。それに、おそらく家事に対して妻に金銭を支払ってあげる夫なんていない。少しは感謝してくれてもいいんじゃないだろうか。

「君がお金を受け取りたくないなら、君が休めるように、ベビーシッターを雇おう。あとハウスキーピングも。それならいい？」

由紀恵は泣きながら、いやいやをするように首を振った。

「違う。そういうことを言ってほしかったんじゃないのに」

「いや、だから――」

「もういい。わたしはあなたと一緒に育児をしたかっただけ。それがわからないのね」

由紀恵は舞衣子のベビー布団の隣にさっさと自分の布団だけを敷くと、洟《はな》をすすりながら横になった。

いったい何だったんだろう、この不毛な話し合いは。

こんな話をするくらいなら、舞衣子が寝てくれているうちに、僕ら二人とも、睡眠を取ればよかったんじゃないか？

朝まで仕事をして、さっき帰ってきて、何も食べず、何も飲まず、こんな答えの出ない——というか出しようもないことを延々と話し合っていた。いや、そもそも話し合いだなんて呼べるレベルのものだっただろうか？

なんだか一方的に意見を押し付けられていただけのような気がする。僕だって、由紀恵に負担がかかっていることに気づいていたし、だからこそ自分なりに必死で頭を絞ったつもりだったのに。それでも不満だと言われたら、僕が実際に手を貸せない以上、お金で解決するしかないじゃないか。

その日以来、何度も同じようなやり取りが繰り返された。毎日そんな状態が続き、仕事に出ている時でも由紀恵のキンキンした声が聞こえてくるような気がして、僕は心身共に参っていたのだった。

腕の中の舞衣子の泣き声で我に返る。

昔のことを思い出していても仕方がない。とりあえずは今、目の前のことをこなしていかなければ。作りかけのホワイトソースも気になる。

「よしよし。またパパと一緒に料理するか」

一向に眠る様子がないので、またベビーキャリアでおぶり、料理の続きにとりかかった。

「子育て、すなわち忍耐なり」

芝居がかった台詞《せりふ》をひとりごちながら、コンロに火をつける。再び温まり始めたホワイトソースを混ぜながら、ふと思いついた。

ホワイトソースなら、グラタンにも流用できるんじゃないか。

そうだ、さっきの鮭がある。鮭のグラタンにすれば、かぶらなくていい。

我ながら良いアイデアだとご機嫌になり、鼻歌を歌いながら冷蔵庫を開ける。鮭の切り身を取り出し、皮や脂っぽいところを取り除いた。それから骨を丁寧に取り除く。鮭の刺身であればこんなに手間がかからないのだが、今は無いのだから仕方ない。

茹でたら、すりつぶしてフレーク状にする。多めに作って、いつでも使えるように小分けにして冷凍しておこう。

グラタン用の鮭フレークを分量分キープし、残りを離乳食用の小分け容器に詰めていった。背中を丸めると舞衣子がのけぞって泣くので、舞衣子の重みに顔をしかめながら軽く中腰になって、ちまちまと十個ほどの容器に分けていく。

我ながら、イクメンだと思うんだがな……

だけどそう言ったら、きっと由紀恵に激怒される。

また由紀恵とのいさかいを思い出しそうになり、頭を振った。

とにかく今は、料理に集中だ。

由紀恵が帰ってきたら、ゆっくり話し合いの時間を持てばいい。明日はクリスマスなのだ。チャンスだと思っていた。

小分けにした鮭フレークを冷凍庫へ入れると、とりあえずホッと一息つく。いつの間にか、舞衣子が眠っていた。

さすがに、もうベッドに寝かせても大丈夫か……？

衝撃を最小限に抑えるべく、いったんソファに座る。そうっとベビーキャリアを肩から外すと、体をずらして舞衣子を正面から抱っこする。それから抜き足差し足でベビーベッドへ行き、慎重に慎重に、マットレスの上に置いた。舞衣子はそのまま、すやすやと寝息を立て続けている。

よし……

毛布をそうっとかける。少し手足が動いたのでドキッとしたが、起きはしなかった。そのまま音をたてないようにソファへ戻り、座り込む。いつのまにか止めていた息を、大きく吐きだした。

がちがちに固まった肩と腰をほぐし、目頭をもむ。目をつぶっているうちに、ついうとうととし、無理やり目をこじ開けた。

ダメだ。

こんなことをしている場合じゃない。

明日は特別な日なのだから。

重い体を起こし、今のうちにできることをやっておく。取り込んだままになっていた洗濯物を畳み、各部屋のゴミ箱からゴミを集めて袋に入れ、カーペットをコロコロで掃除する。

その合間にも、そうっと舞衣子の様子を見に行く。うつぶせになっていないこと、ちゃんと息をしていることを確認して、再び作業に戻る。

コロコロには髪の毛やほこりなど、かなり汚れが付着する。何枚取り換えても足りないくらいだ。舞衣子がいるからなかなか掃除機がかけられないのはわかるが、さすがにこれはひどいんじゃないか。ちょっといらいらしながら、手を動かす。少し見ない間に、どうしてこんなに散らかるのだろう。

だいたい片づけると、キッチンカウンターに乱雑に積み上げられたダイレクトメールを整理する。圧倒的にベビー関連のものが多いが、そういうものは念のためまとめてキープだ。インターネット回線やケーブルテレビの案内などは、どんどんゴミ袋へ入れていく。

新築分譲マンションの封書に行きあたった。宛名を見ると、由紀恵になっていた。ここから引っ越すことを考えていたとは知らなかった。やっとこのマンションに落ち着いたところなのに――軽くショックを受けつつ、中を開けてパンフレットを取り出した。

ＣＧで描かれた街並みと十二階建ての建物、そしてお洒落な内装の写真が載っている。ここから電車で二十分ほどの場所だ。駅からは徒歩十五分と遠いが、近くにショッピングモールがあり、保育園もある。間取りは２ＬＤＫ中心、ファミリー向けマンションのようだ。

僕はあらためて、ぐるりとこの部屋を見回す。十二畳のＬＤＫに、続きの和室が六畳、そして七・五畳の寝室。それで五十五平米。ほとんど収納もなく、風呂も狭い。それでも駅から徒歩五分で、スーパーも近く立地がいい。

僕は気に入っているが、確かに舞衣子のことを考えれば、少々通勤が不便になったとしても広いところに移る方がいいのかもしれない。

マンションの案内書はベビー用品のダイレクトメールと共にキープしておき、その他は捨てて、ぱんぱんになったゴミ袋を玄関に出した。七十リットルの袋が三つにもなっている。紙おむつを使っていることもあり、あっという間にゴミが増えてしまうのだ。今のうちに出しに行った方がいいだろう。

ベビーベッドを覗き、舞衣子がよく眠っていることを確かめる。たとえゴミ出しの数分間でも、舞衣子をひとりで残していくのは心配だ。とはいえ、やっと寝てくれたのに、また起こして泣かれてはたまらない。さっと行って、すぐに戻ってこよう。

ゴミ袋を両手に、内廊下へ出た。しっかり鍵をかけてエレベーターで一階に降りる。

夜風が刺すように冷たい。ジャケットを着てくるべきだったと後悔しながら、マンション裏手にあるゴミ置き場へ向かった。

月もなく、真っ暗だった。

クリスマスイブだというのに、しんと静まり返っている。なんとなく、いつもと違う、不気味な雰囲気が漂っていた。

ゴミを捨て終わり、小走りで共同玄関に向かう。

一秒でも早く部屋に戻ってやりたかった。起きてしまったかもしれない。大泣きしているかもしれない。僕の姿を捜しているかもしれない。想像するだけで切なくなる。

「パパ、今すぐ戻るからな」

ひとり呟いた時——

後頭部にものすごい衝撃を受け、目の前が真っ白になった。

冷たいコンクリートの地面に崩れ落ちる。頭が割れるように痛い。体が動かない。

耳鳴りの中、足音が聞こえる。僕の近くに誰かがいる。

逃げないと。早く。

這い出そうとする僕の頭に、何かがかぶせられ、全てが暗転する。

舞衣子……

舞衣子……

薄れていく意識の中、頭に浮かぶのは舞衣子のことだけだった。

２

夜間の見回りは、二時間ごとに行われる。

患者の容体に変化がないかを確認したり、床ずれが起きないように体位変換をしたり、点滴を交換したりと忙しい。問題がありそうな患者もおらず、ほっとしながらナースステーションに戻った。

今のうちに看護記録をつけておこうとＰＣの前に座ったとたん、ピピピとアラームが鳴った。いつも鳴るナースコールとは違う音に、どきりとする。複数の患者を同時にモニタリングできるセントラルモニターを急いでチェックする。二十号室の患者の心拍数と血中酸素飽和度がゼロになっていた。

二人部屋だが今日から入院した男性が一名いるだけで、実質個室となっている。同室者がいないと異変に気づきにくい。慌てて二十号室へと走った。

山下《やました》一夫《かずお》、四十三歳。離婚歴があり現在は独身。二か月前にステージ２の肺がんを切除。術後の体力が回復したころを見計らい、初回の化学療法を行うべく三週間の入院予定。明日から始まる化学療法の副作用や合併症を注意観察すること――

パニックになりかけるのを、申し送り表を頭でおさらいすることで、なんとか抑える。が、申し送り表に書かれていた続きを思い出し、余計に不安がつのった。

本人は化学療法に非常に消極的で、不安が大きい様子。死んだほうがマシだ、という悲観的な発言が多い。自傷などに走らぬよう、くれぐれも動向に注意——

まさか人生に見切りをつけたのでは、と最悪の事態を想像してしまう。

「山下さん、大丈夫ですか？」

病室の引き戸を開けると、当の本人はベッドで起き上がり、ノートパソコンに向かっていた。

「あ、すみません。消灯後だってわかってるんですけど、どうしても仕事のメールが気になって」

山下は慌ててパソコンを閉じ、電気スタンドを消そうとした。

「今はお一人でご利用ですし、お静かにしてくださるのであれば、少しくらいならけっこうですよ」

「よかった。いや、メールって言っても、一通も来てなかったんですけどね。手術の時も三週間休んだし、今回も三週間。こんなに仕事を休んじゃって、多分もう居場所なんてないんですよ」

自虐的に笑う。カルテには職業は家電の商品開発と書いてあった。

「会社にとって、俺なんてもうお荷物なんです。あーあ、もう生きてても仕方ない」

「そんなこと言わないでくださいよ。今は弱気になってるだけです。一緒に化学療法、頑張っていきましょう」

「化学療法なんて、意味あるのかなあ。もういっそ、治らなくてもいいやって思ってるんです。嫁も子供もいないから、誰も待ってる人なんていないないし」

「そんな……」

「実はぶっちゃけ不安で、メールチェックした後、ずっと化学療法の体験談を読んでたんですよね。さっき見回りの人が来たから寝たふりをして、もういいだろうって思ってこっそり電気をつけたんだけど――すぐばれちゃうもんなんですね」

「電気がついたから飛んできたわけじゃありませんよ」

「違うんですか？　じゃあどうして」

「これです」

わたしはサイドテーブルを示す。本来なら手の指先に装着されているべき機器が、外されて置かれていた。

「これがどうかしたんですか」

「入院中は必ずつけておくように言われませんでしたか？」

「言われましたけど、でもキーボードを打つとき邪魔なんで。別に点滴とかでもないし、いいかなって」

「これはね、パルスオキシメーターっていって、血中の酸素濃度と心拍数を測るものなんです」

厳密には酸素飽和度だが、酸素濃度のほうが患者には伝わりやすいだろう。

「はあ……でも少しくらい記録が抜けたからって……」

「データはナースステーションまで無線で飛ばして、モニタリングしてるんです。そして数値に異変が起こったらアラームが鳴ります」

「ってことは……」

「ナースステーションでは、アラームがずっと鳴ってます」

「うわあ、そうだったんですね。すみません。ちゃんと着けますから」

山下は申し訳なさそうに言い、素直に洗濯ばさみのようなプローブを左手の人差し指にはさんだ。プローブの片側には赤いランプが埋め込まれており、指先が赤く浮かび上がる。

「ETみたい」

山下は笑った。メーターの画面に、酸素濃度九十六パーセント、心拍数八十と表示される。

「それにしても不思議だなあ。なんでこんなもので酸素濃度がわかるんだろう」

「動脈を流れる赤血球の色をみてるんです」

「どういう意味？　血が赤いのは当たり前でしょう？」

「うふふ、不思議でしょう？　肺から取り込まれた酸素は、赤血球に含まれるヘモグロビンと結合して全身に運ばれますよね。ヘモグロビンは酸素と結びつくとより赤くなる性質を持っているので、一方から光を当てて、動脈血の赤い度合いと赤くない度合いの比——つまり血中に酸素がどれだけあるかを反対側のセンサーが測ってくれるというわけです」

「へえー、面白いねえ。でも動脈血といったって機械には動脈とか静脈とかわからないよね？」

「それがわかるんですよ。動脈には心臓から押し出された血液が流れているんですね。つまり脈打っているのが動脈を通った血液としてセンサーが感知するわけです」

「すげーじゃん」

山下の口調が興奮からか一瞬くだけたものになり、慌てて口調を改める。

「ほんとすごいですね。言っちゃ悪いけど、こんなにチャチなのに、かなりハイテクだ」

「そうですね。これが発明される前は、酸素濃度を調べるためにいちいち採血していたんですよ」

「そんなの大変じゃないですか。痛いし、それに採血結果なんてすぐ出るわけじゃないでしょう」

「その通りです。だから画期的な大発明だったんですよ」

「そりゃあそうだろうねえ」

山下が、感心しながら機器を眺める。

「しかも、これを発明したのは日本人なんです」

「本当に？」

急に身を乗り出してくる。自身も商品開発をしているから興味があるのだろう。

「昭和四十九年に日本のエンジニアが発明したんですって。今や世界中の医療現場になくてはならない機器ですよ。素晴らしいですよね」

「そんな昔に発明されたんですか？　採血という原始的な方法から一足飛びじゃないですか。いやあ、すごい日本人がいたもんだ。世界を変えたわけでしょう？　なんか俺、感激しちゃったなあ」

さっきまでの投げやりな表情と打って変わって、輝いている。

「ありがとうね、看護師さん。なんだか励まされた。俺も腐ってないで、頑張んなきゃって気持ちになったよ」

「それならよかったです」

「いい話だよね。今度プレゼンするときに、この話してみよっかな。使わせてもらっていい？」

「どうぞどうぞ。わたしも看護学校で習ったことの受け売りですから」

「なんだー。どうりで詳しいと思った」

ひとしきり笑うと、山下はぽつりと言った。

「化学療法……頑張ろうかな。社会復帰しないとっていう気になってきた」

「わたしたちが全力でサポートさせていただきます」

「うん……そうだよね。ありがとう」

山下の穏やかな顔に安心しながら、わたしは病室を後にした。

治療に前向きになってくれて、よかった。

興味のありそうな話題を振り、回復への気力をうながすのも大事な仕事だ。手技も大切だけれど、やはりこのような心の触れ合いも看護師には大事だと思う。人間関係や育児との両立で疲れることはあるけれど、こういうとき、役に立てたのだと実感し、嬉しくなり、看護師になってよかったと思う。

そして、こんな風に余裕をもって会話をできる機会は、やはり夜勤の方が多い。大半の患者が寝ている時間だからこそ、ひとりの患者に時間をかけられる。

そうだった。

看護師になりたての頃は、夜勤手当だけが目当てじゃなくて、こういうところにもやりがいを見いだしていた。だからこそ積極的に希望していたんだ——当時の意欲がよみがえってきて、思わずハッとする。

舞衣子の世話で余裕のない今、この先二度と夜勤などやるものかというほど追い詰められていた。だけどいつか落ち着いたら、また病棟のある病院で夜勤をしてもよいかもしれない——

自分でも意外だったが、そんな考えが浮かんだ。結局、わたしは看護師という仕事が好きなのだと思う。

　ナースステーションに戻ると、同僚の温子《あつこ》がデスクで物品の注文書を書いていた。夜勤の間にできるだけ物品の整理をし、足りないものを把握して発注しておく。忙しい日勤ではなかなか手が回らないことだ。

「師長は？」

「食事休憩です」

　温子は高卒で看護学校に入ったため、看護師としてのキャリアはわたしよりも長い。それでも年齢の上下を気にして敬語を使うきっちりした子である。

「レポート書き終わったら手伝うね」

　わたしは温子の隣に座り、山下とのやり取りを共有すべく、簡単に電子カルテに記入していく。

「三田さんが辞めちゃうの、ほんと寂しいです」

　温子がペンを止めて言った。

「ありがとう。でももう育児との両立が限界。毎朝保育園に預けに行くのも一苦労だし。せっかく預けても、うちの子は喘息があるから、発作が出たらお迎えに行かなくちゃいけないしね」

「うちの病院、院内保育所あるじゃないですか？　どうしてそこに預けないんですか？　病児もオーケーだし、休憩中に様子も見に行けるし、なんといっても保育園の送り迎えの手間が省けるでしょう。いいことだらけですよ」

「院内保育所？　やだやだ」

両手でバツを作るわたしに、「どうしてですか？　便利なのに」と温子が首をかしげる。

「職場の人間関係を、園でも引きずるなんてイヤよ」

「ああ……なるほど」

「それに、発表会とかクリスマス会とか、イベントも少ないの。仕事を休まなくて済むから助かるっていう人もいるけど、わたしはちょっと寂しいし、舞衣子にもお遊戯とかたくさんさせてあげたいしね。だけどなんといっても一番の問題は、勤務がない日は預けられないってことよ」

「ええー、そうなんですか？　確かにそれはキツいですよね」

「それに二十四時間保育じゃないから、夜勤の日は結局他のところを探すか夫に頼まなくちゃいけないの。まあ、たとえここの院内保育所が二十四時間態勢であっても、やっぱり預けないと思うけど」

「保育園ひとつ選ぶにしても、難しいものなんですね。わたしもそういうこと考えとかなくちゃ……って、わたしの場合は相手を探すのが先ですね」

温子がペロリと舌を出す。目が大きく愛くるしい顔立ちをしているので、漫画やアニメみたいな仕草をしても違和感がない。彼氏がいないのが不思議なくらいだ。

「あーあ、結婚したいのに出会いがないなあ。この仕事、ほんと10Kですよ」

「ん？　８Kじゃなくて？」

「わたしは個人的に『結婚できない』『子供産めない』を加えてるんです。もうこのままじゃ、諦めるしかないかも」

「やだ、そんなこと言わないで。温子ちゃんはまだ若いんだし、バンバン三人くらい産んでよ。少子化対策に是非とも貢献して」

言ってすぐに、こういう発言ももしかしたらセクハラになってしまうんだろうか、とヒヤッとしたが、

「あはは一三田さんったら」

と温子は笑って受け流してくれた。

「三田さんのところはどうなんですか、お二人目は？」

「うーん、それがねえ、うち、実はレスで」

「えー」

温子がのけぞる。

「どれくらいですか」

「もう半年以上かなあ」

「それは二人目どころじゃないですねえ。インポテンツですか？」

「ではないと思うんだけどね。夫も医療従事者で仕事が忙しいし、ストレスも溜まるし、疲れ切ってその気になれないんじゃないかな」

「もうここは手っ取り早く、バイアグラをドクターに処方してもらってちゃっちゃとやっちゃいましょうよ」

「でもあれって本当に効くのかなあ」

「効きますよ、もちろん」

「あ、そうか、温子ちゃんて前は泌尿器科にいたんだっけ」

「そうですよー。毎日男性性器を見てましたー。まったくもう、嫁入り前だというのにねえ」

あっけらかんと笑う。

「でもバイアグラは勃起障害に効果があるだけで、性欲が高まるわけではないでしょう？」

「性的興奮作用や性欲増進作用はないですね。陰茎海綿体に血流を増やすだけなので」

職場では、性的な話も医学的な分析を交えて淡々と語られることが多い。だからかなり過激で赤裸々な内容であっても、卑猥《ひわい》なことを話しているという意識はないのである。

「そっかー。飲んだら、ただ勃起するわけね」

「いえ、違うんです。飲んでから、ちゃんと刺激しないと勃起はしません」

「あら、そうなの？」

「はい。手でもいいし、とにかく刺激は必要なんです」

「なーんだ、そうかあ。結局は本人のやる気がいるわけだ」

「三田さんが刺激をすればいいじゃないですか。そうしたらとりあえず性交はできるわけですから。子作りはできます」

「薬を飲んでってお願いするのはハードルが高いなあ。プライドも傷つきそう。やっぱり本人がその気になってくれないと」

「うーん、そうですか。夫婦って難しいものなんですねえ。恋人でいるときってセックスできる時間を作ることに必死なのに、いざ一緒に暮らし始めたら、逆に意識して触れ合うようにしなくちゃいけなくなるんですね。だったらわたし、別に結婚しなくてていいかも」

温子はさばけた口調で言った。

「だけど本当に信じられないですよ。三田さんみたいなきれいな方に、ご主人がそそられないなんて」

「きれいじゃないわよ」

「とってもおきれいですよ。ドクターにも三田さんのファン多いんですから」

「まさか」

「ほんとですよー。それに患者さんにもファンがいるじゃないですか」

「あれは入院で気が弱っている時に優しく世話してもらえるもんだから、疑似恋愛してしまうだけ。勘違いよ」

「でもほら、ひとり、かなりご執心だった人いましたよね」

「ああ……」

その男のことを思い出すと、憂鬱な気持ちになる。

柿沼《かきぬま》という三十代後半の男で、最初に彼と出会ったのは、わたしが外科病棟に勤務していた頃だ。足の骨折で入院してきた患者だった。痩せていて顔色も悪く、自転車に乗っていて排水溝に落ちて骨折したとのことだった。

最初は大人しい普通の患者という印象だった。小さなことでもしょっちゅうナースコールを鳴らすので神経質だとは思ったが、初めての入院が不安なのだろうと考えていた。

そのうち、頻繁にナースコールを鳴らすのはわたしが出勤している日だけだということがわかった。そして他の看護師が行くと、わたしが行くまで何度も何度も鳴らす。

外科病棟の師長はわたしを彼の担当にしないようにし、可能な限りナースコールには他の看護師を応対させるように配慮してくれた。しかしわたしが病室に足を踏み入れないとわかると、一日中ナースステーションが見える食堂に座り、ずっと目で追い続ける。そして一瞬でも目が合えば親しげに微笑んだり、訳知り顔で頷いたりした。そのたびに肌が粟立った。

気持ち悪かったのは、わたしが使用した使い捨てマスクを盗《と》られたことだ。その日はどうしても手が足りず、わたしが彼のナースコールに対応した。病室に入ると、彼は勝ち誇ったような、とても嬉しそうな顔をした。

今の自分の骨がどんな状態か聞きたいと言われたので、病状の説明は医師にしかできないと断ると、では一般的に骨折はどのように治っていくのかと聞いてきた。仕方なくわたしは教科書通りの説明を始めたが、柿沼はマスクで聞こえづらいと口を尖らせる。だからマスクを外してユニフォームの腰ポケットに入れ、説明を続けたのだ。

一通り聞いたあと、柿沼は腰が痛いので体勢を変えてほしいと言った。わたしは彼のベッドに近づいて体位変換を手伝い、病室を後にした。マスクがないことに気がついたのは、ナースステーションに戻ってからである。

マスクには薄いとはいえ口紅やファンデーションがついている。もちろん唾液も。そのマスクで何をしているのかと思うと、おぞましかった。しかし証拠はないので、クレームを入れることはできなかった。

柿沼がやっと退院して安心したのも束の間、まだ足のギプスが取れないうちに、今度は大腿骨の骨折で入院してきた。松葉づえで歩いていたら転倒したという。

「今回の骨折って、自分でわざとやったんじゃないかしら」

看護師のひとりが言い出した。

「わざと？　どうして」

「三田さんが目当てで再入院したかったんじゃないかなと思って」

「いやだ、気持ちの悪いこと言わないでよ」

まさかという気持ちがあった。けれども確かに、彼の骨折は不可解だった。太ももには大きな青あざができており、大腿骨が折れていた。しかしそれほどの衝撃を大腿骨に受ける事故だったはずなのに、ギプスは無傷なのだ。

そう。まるでハンマーか何かで、大腿骨だけ集中的に、思い切り殴ったような――

ぞっとした。このままではとても安心して勤務できない。太い骨なので、長い入院になる。しかしトラブル防止のために設けられた保安室に相談しても、柿沼がただ見ているだけなのであれば、何もできないと言われてしまった。以前マスクを盗られたことも話したが、私物ではないので難しいとも。

「あれは本当に気持ち悪かったなあ。結局はわたしが外科病棟から離れることでしか解決できなかったのよねぇ」

しみじみ言ったとき、ナースコールが鳴った。

「わたしの担当だ。行ってきますね」

温子が急いで立ち上がり、病室へ行ってしまった。

山下のことをカルテに記入し終えると、温子の書いていた注文書を引き継ぐ。注文する物品の中に、喘息のときなどに使用する超音波吸入器のホースがあった。自宅でも使っているものだったので、舞衣子のことが急に気になった。

しばらく発作は治まっているが、今日は寒い。もしかして苦しがってはいないだろうか。

休憩中ではなかったが、そうっとロッカー室へ行った。スマートフォンを取り出す。わたしが送ったメッセージに既読はついているが、新たなメッセージやスタンプはなかった。

『舞衣子はどんな感じ？　ぜんそく大丈夫だよね？』

と送信した。

既読がつかない。手が離せないのかもしれない。

『ちょっと気になるから、また報告してね。写メでもいいよ』

送信してからスマートフォンを仕舞い、ロッカー室を出た。

ナースステーションに戻ると、休憩を終えた師長がいた。

「三田さん、ちょっと手、あいてる？」

「はい、大丈夫です」

「悪いんだけど、小児病棟に行ってきてくれない？」

「小児に？　今ですか？」

「そう。サンタになってほしいのよ」

この病院の小児病棟に配属されたことはないが、毎年クリスマスの朝に、子供たちの枕元にプレゼントを配るということは聞いて知っていた。入院中の子供たちのためにクリスマス会をする病棟はたくさんある。けれど夜の間にプレゼントを配る病院は聞いたことがない。

「今年は入院してる子の数が多くて。だけど今日の夜勤予定だった人がインフルでお休みになっちゃって手が足りないそうなの。三田さん、ちょっと行ってプレゼントを配るのを手伝ってきてくれない？」

「いいですけど……でもまだ物品整理が終わってなくて」

「わたしがやっておくから。じゃあお願いね」

「わかりました」

職員用エレベーターで小児病棟のある五階に下りながら、首を傾げていた。

わたしでなく、師長が行っても良かったはずだ。煩雑な物品整理より、サンタになってプレゼントを配る方が楽だろう。なのにどうしてわざわざわたしに？

小児病棟のナースステーションへ行くと、すでにサンタ帽をかぶり、サンタのジャケットを着た二人の看護師が待ち構えていた。

「あら！」

ひとりが、わたしを見てはしゃぐ。

「あはは、本物のサンタさんだ」

もうひとりも何やら喜んでいた。

「え？」

意味がわからずぽかんとしていると、

「だってサンタさんでしょ？」

とひとりがわたしの左胸にある三田と彫られたネームプレートを指さした。

「ああ本当だ、クリスマスにぴったりの名前だったんですね。これまで全然気がつきませんでした」

「これで高学年の子たちにも本物のサンタさんが来たよって言い張れるわ」

「嘘じゃないもんね」

と二人は顔を見合わせて笑った。

「じゃあ三田さん、早速ですけどジャケットを着て、帽子かぶってくださいね。プレゼントはワゴン三つに分けてます。ひとりにつきワゴン一台が担当です。各プレゼントに部屋番号と名前の書いたポストイットを貼ってますので、間違えないように配ってくださいね」

「わかりました」

わたしはナースステーション脇にあるステンレス製のワゴンに載せられた大量のプレゼントを見て目を丸くする。

「すごい量ですね」

「そうですねえ。小児は八十床あるんですけど、七十六床埋まってますから」

「そうですか……」

病気や怪我の子供たちが七十六人もいるということだ。クリスマスなのに家族と離れていることを考えると、可哀そうになった。

重い病気の子供たちを見ることが堪えられそうになくて、小児病棟の配属は希望したことがない。足を踏み入れるのは、研修のとき以来だった。

「じゃあ、着替えたら早速よろしくお願いしますね」

二人はワゴンを押して配達へ行った。わたしもジャケットを羽織って帽子をかぶると、プレゼントが積まれたワゴンカートを押し、病室を回る。

名前を確認し、プレゼントを取り、そうっと部屋に忍び込み、サイドテーブルへ手書きのクリスマスカード――この病棟の看護師が仕事の合間を縫って書いたのだろうか――を添えて置く。中には子供たちの『サンタさんへ。ご苦労さま』と書いた手紙や絵がテーブルに置かれていることもあって、思わずほっこりしてしまう。

サンタになるのは悪くないが、自分の病棟も気になる。できるだけ早く終わらせようと、急いで回った。

いよいよ残り二個になった。プレゼントに貼られた部屋番号を見ると、ＰＩＣＵとなっている。

小児集中治療室――

重篤な病気や怪我をもつ子供をケアするところだ。ドアにはめ込まれた大きな窓ガラスからは、壁いっぱいに青空にかかる虹、アンパンマンやスヌーピーなどが描かれているのが見える。子供たちに少しでも楽しい気持ちになってもらおうという心遣いが感じられた。

ベッドは五つあり、そのうち二つに子供の姿が見えた。二つのベッドの周りには、大きな機器が並んでいる。そこから延びるいくつもの管が、小さな体につながっていた。

ポストイットには、担当看護師に渡すよう指示があった。ドアをノックし、窓からプレゼントを掲げて見せると、中から看護師が出てきた。

いかにもベテランといった風情だった。ネームプレートには師長の文字があった。

「ご苦労さま。呼吸器内科から助っ人に来てくれた人ね。やっぱりアキちゃんに泣きついて良かった。すぐに寄こしてくれるんだもんね」

「アキちゃんって……うちの師長と親しいんですか？」

「看護学校の同期よ。もう今日はてんてこまいで、どうしようかと思ってたの。本当にありがとう」

「いいえ、こちらこそサンタさんになれて嬉しかったです」

「いいでしょう？　プレゼントを配るなんて、うちの病院くらいよ」

「そうですよね。素敵なイベントだと思います」

「今年で二十二年目になるわ。アキちゃんが発案者なのよ」

「――そうなんですか？」

「自分が子供を産んで、入院している子供たちが不憫になったんでしょうね。特にクリスマスは、子供たちにとって特別でしょう？　絶対に楽しい思い出を作ってあげなくちゃダメだって、総務に直談判して。

　今でこそ定着したけど、当時はものすごく反対されたの。プレゼントで怪我したら誰の責任になるんだとか、そんなことで看護師の手を煩わせるなとか。あとは予算的な問題ね。誰がプレゼント代を負担するのかって。満床だと小児病棟は八十人。そんな多くのプレゼントを誰が買って、誰が管理するんだって」

　それは当然だろう。わたしでさえ、無謀だと思う。

「だけどアキちゃん、当時はまだ役職にもついてなかったのに、自分で全部責任取りますって言い張ってね。サンタポストを作って子供たちからサンタの手紙を集めて、リクエストを一生懸命吟味して、親御さんとも相談し合ってプレゼントを用意して、カードも全部自分で書いて、サンタの恰好をしてひとりで配ったの。

　クリスマスの朝、それはもう、子供たちは大喜びよ。病院にはサンタクロースは入れないって言い聞かされて、我慢してきた子たちばかりだもん。自分の病室に来てくれたんだって、もうはしゃいじゃって。痛い注射や点滴も頑張ってくれるようになったんだから。それに……年明けに亡くなってしまった子がいてね、その子、亡くなる間際までサンタさんが来てくれたことを嬉しそうに話してたのよ。何度も何度も」

当時のことを思い出したのか、師長の目が潤んだ。

「そうだったんですか……」

「とっても好評で、子供たちの病気に立ち向かおうとする気持ちも上がったっていうんで、次の年から正式に企画されるようになったんだけど、もう総務のお手柄みたいにされちゃってさ。あんなにアキちゃんに反対してたくせにね。だけどアキちゃん、子供たちが喜ぶなら誰の手柄でもいいじゃないって。ほんと、お人よしなところあるのよ」

師長の知らない一面を垣間見た気がした。

「ごめんね引き留めて。じゃあご苦労さまでした」

師長が小児集中治療室に戻ると、わたしは空になったワゴンをナースステーション脇に置き、サンタのコスプレをその上に畳んでおいた。

呼吸器内科の病棟に戻ると、ナースステーションで師長が患者サマリーを記入していた。

「師長、ただ今戻りました」

「はい、お疲れ様」

師長はＰＣのモニターから目を離さず応える。

「あの……とても良い経験になりました。ありがとうございました」

「いいのよ。辞める前に、この病院が長年取り組んできたことも知ってほしかっただけだから。それにあなたにも小さいお子さんがいるんだから、勉強にもなると思ってね。さてと、落ち着いてるから今のうちに十五分休憩に入っておいてちょうだい」

「わかりました。失礼します」

わたしは頭を下げると、ロッカー室へ行った。

師長にはたくさんの不満がある。厳しいし、理不尽な思いをさせられたことも挙げればきりがない。コンプライアンス室にかけこんでやりたいと何度も思ったし、今回の退職だって師長がわかってくれさえすれば避けられたのにと悔しい気持ちでいっぱいだ。けれども嫌いになり切れないのは、こういうところがあるからかもしれない。

師長にはプロとしての矜持《きょうじ》があり、志があり、それを大切にして必死にこの仕事を続けてきたのだ。好きじゃないけれど、師長がスーパーウーマンであることは間違いない。それに比べてわたしはキャリアも育児も中途半端になっている。

ため息をつきながらロッカーを開け、スマートフォンを取り出す。

どうせ面倒くさいほどメッセージと写メが来ているんだろうな、と思いつつスマートフォンを取り出した。

「あれ？」

思わず声が漏れた。

珍しく、ひとつも来ていない。さっきのメッセージが既読にすらなっていない。

あれから一時間以上たっている。シチューづくりに集中しているのだろうか。それとも寝ているの？

まさか喘息がひどくなって救急に行ってるとか？

『なにしてるの？　大丈夫？』

送信する。やはり既読はつかない。

不安になり、通話履歴から雅之の電話番号を見つけ、発信ボタンを押した。

この病院では勤務時間が終わるまで、たとえ休憩中であっても個人的な通話は禁止されている。患者の個人情報が漏洩《ろうえい》するのを防ぐ目的だそうだ。だけど今はそんなこと言ってられない。

コール音が鳴る。けれども誰も出ない。

おかしいな……。

コール音はただ鳴り続けている。

「三田さん？」

急に師長がロッカー室のドアから顔を覗かせた。わたしは慌ててスマートフォンを体の陰に隠す。

「救急から入院患者が回されて来ることになったの。悪いけど受け入れ準備のお願いできる？」

「わかりました」

「……娘さんが気になるなら、あとで病棟から電話していいから」

大目玉を喰らうと思いきや、意外に優しいことを言って師長はドアを閉めた。

舞衣子が心配ではあったが、緊急の場合には病棟に電話をするように雅之には伝えてある。連絡がないということは、疲れ果てて寝ているのかもしれない。せっかく寝かしつけた舞衣子が起きてしまっては台無しだから、着信音を消しているのだろう。

またあとで電話すればいい。

わたしは救急患者の入院受け入れの手順を頭に浮かべながら、ロッカー室をあとにした。

*

振動と痛みでわずかに意識が戻ったとき、僕はまだ暗闇の中にいた。

頭に布袋のようなものをかぶせられていて、何も見えない。両腕を掴まれて、地面を引きずられている。服越しでも体中がこすれ、熱を持った痛みが走る。体勢を立て直そうとしたが、殴られた頭はまだくらくらし、足に力が入らなかった。

息が苦しい。あえぐと、かぶせられた布が口にはりついてきた。布は唾液で湿っていて余計に窒息しそうになり、慌てて大きく息を吐き出した。

助けを呼ばなくては。

誰かに気づいてもらわなくては。

誰か――

「あ――――‼」

僕はありったけの力を振り絞って叫んだ。恐怖で喉が縮み上がり、意味のある言葉にならなかった。それでも必死に声をあげた。

しかし頭の上から聞こえたのは面倒くさそうな舌打ちだけだった。続けて腹に蹴りが入れられる。息ができないほどの痛みで体を折り曲げている間に、かぶせられた布の口元だけがめくられ、タオルのようなものを突っ込まれた。げえ、と吐きそうになり、何度も咳き込む。

体がどこかへ引き上げられ、肩や腰、足が段差のようなところにぶつかる。それから平らなところに転がされると、摑まれていた腕が離された。チャンスだと思う間もなく、両手首を紐のようなもので縛られ、さらに何かにつながれた。足も重ねて縛られる。

それから車のスライドドアを閉めたような音がした。ここは車の中なのか。段差が高かったしスライドドアということは、車高の高い車だ。おそらくワゴン車かなにかだろう。

運転席のドアが開閉されるらしき音。そしてエンジンがかかり、走り出す。

どこへ連れていかれるんだ――

恐ろしくなり、なんとか縛られた両手をほどこうとする。が、びくともしない。両手はドアのアームレスト部分につながれているようだ。もがいているうちに、車が急に停まった。勢いで頭をドアに打ち付け、再び気を失った。

次に気がついた時には、椅子に座らされていた。相変わらず頭に布はかぶせられたままで、なにも見えなかった。けれども目が回っているのが感じられた。体がぐるぐる旋回しているような感覚。気持ちが悪い。

両腕は後ろに回され、やはり縛られている。両脚は、やはり椅子の脚の左右にそれぞれ固定されていた。

凍えるように寒かった。

アルミ製と思われる椅子から、全身に冷気が広がっていく。すぐに部屋に戻るつもりだったからスウェットシャツ一枚だ。このままだと死んでしまう。かろうじて靴下を履いており、サンダルでなくズックを履いてきたのは正解だったが、すでに爪先は感覚を失うほど冷え切っていた。

全身は自然に大きく震え、そのたびに後ろに束ねられた手首がぎりぎりと痛んだ。両手で、ジーンズの尻ポケットをまさぐる。スマートフォンを入れていたはずだったが、それらしきものは手に触れない。取られたのだ。当たり前か。

なぜ僕は今、こんな目に遭っているのだろう。

ここはどこなんだろう。

これだけ寒いにもかかわらず風を少しも感じない。屋内であることは間違いなさそうだ。靴底で床の感触を確かめてみる。硬くて平らだ。少なくともカーペット敷きや土の地面ではない。

その硬質さとたちのぼる冷気から、フローリングではなくコンクリートではないかと推測する。

物音はどうだろうと耳を澄ませる。が、何の音もしない。

コンクリートらしき床。隙間風すら感じない気密性。そしてこの静けさ。

——地下室か。

思わず唾を飲み込んだ。

牢獄のような地下室に、頭に黒い布をかぶせられ、椅子に縛り付けられている自分の様子が、生々しく頭に浮かんだ。

叫んでも、きっと誰にも聞こえない。

誰にも気づかれない。

ずっと、このまま……？

誰にも発見されることなく、寒さに凍えながら死んでいくことを想像すると、恐ろしかった。

さっきまで、暖かな部屋にいた。

舞衣子をあやし、料理をし、掃除をし、大変ながらも平和な時間だった。それがなぜ——

ああ、舞衣子。

舞衣子は無事なのだろうか。

僕を殴り、ここまで連れてきた奴は、一体どこにいるんだろう。まさかマンションに戻って舞衣子を——？

反射的に絶叫していた。

しかし声はタオルに吸収され、くぐもった音が漏れただけだった。

体を前後左右にゆすると、椅子ごと床に倒れる。そのまま両腕両脚を動かしてみるが、紐が喰いこむだけだった。

舞衣子、舞衣子……。

タオルにむせながら、すすり泣く。

僕はどうなってもいい。

舞衣子だけは……。

突然、ドアが開く音がして誰かが入ってきた。

「おいおい、なんで倒れてんだよ」

低く、不愉快そうな男の声が近づいてくる。

男は舌打ちすると、荒っぽく椅子ごと僕の体を起こした。足音が数歩離れ、椅子に座ったような音がする。どうやら僕の正面に座ったようだ。ビニール袋のかさかさした音の後に、くちゃくちゃと咀嚼《そしゃく》するような音が続く。それから缶のタブを開ける音。どうやら飲食をしているようだ。温かそうなコーヒーの匂いが漂ってくる。ここにいなかったのは、コンビニかどこかへ行っていたからなのか。

だとしたら舞衣子は無事かもしれない。

かすかな希望が持てた。

男はゆっくりと飲み食いしている。

「あいほあ……？」

タオルを詰め込まれた喉の奥で、なんとか声を出した。舞衣子は、と言ったつもりだった。

男の咀嚼音が止まる。

「なんだって？」

「あいほ……」

「待ってろ。食い終わったら相手してやるから」

男はじらすように、のんびりと時間をかけて食べ続けた。僕はその間、ひたすらじっと待つ。舞衣子のことだけが、ただただ心配だった。この男が誰だとか、どうしてこんなことをするのだろうとか、今はどうでもよかった——舞衣子さえ無事であることがわかれば。

くしゃくしゃとなにかを丸める音、それが床に放り投げられる音。喉を鳴らしてコーヒーを飲む音。それから立ち上がる音。

足音が近づいてきた。足音は一定でなく、片方を引きずっているようだった。正面で止まる。僕は自然と身構えた。急に頭を掴まれ、ひ、と思わず声が漏れる。殴られる——と思ったら、急に顔が冷気にさらされた。

頭を覆っていた布を、男が取ったのだ。布が取り去られると、やはり暗闇ではあったが、ぼんやりと男の輪郭が見えた。

男は僕の口から、タオルを乱暴に抜き取った。急に肺に空気が流れ込んできて、激しくむせる。血の味が口中に広がった。タオルを噛みしめていたので、歯がじんじんと痛い。

「舞衣子は？　舞衣子はどうした……」

痺れ切った口で、できるだけはっきりと言った。

「舞衣子？　ああ、娘のことか」

愉快そうに、男は笑う。

「心配するな。何もしてないよ。興味ないからね」

ああ、よかった――

「じゃあ舞衣子は家に……？」

「さあ。俺はマンションの下でお前を拉《ら》致《ち》って連れてきただけ。その時にお前の娘が家にいたんなら、そうなんじゃないの」

舞衣子があのまま家にいるということは間違いなさそうだ。

けれど――

一歳児が家にひとりで残されたと思うと、心配でたまらなくなった。せめてもの救いは、ベビーベッドに寝かせてきたことだ。布団でなくて良かった。ハイハイで抜け出していろんなところに行く可能性があるし、手あたり次第何でも口に入れてしまう。ベビーベッドの周りには危険なものは置いていないし、つかまりだちをしても柵は舞衣子の身長よりも高い。落ちることもないだろう。

とはいえ、目を覚まして誰もいないことがわかれば、ずっと泣いているに違いない。そろそろお腹もすくころだ。作りかけの鶏肉のシチューに鮭のグラタン。食べさせてやればよかった。ミルクだって飲ませなければ。おむつは？　ヒーターは消してきたか？　ガスコンロは？　もしも地震があったら？　ああ、もし何かを吐いたら嘔吐物で窒息するという可能性だってある。中でも一番の心配は、しばらく落ち着いていた喘息の発作が起こってしまうということだった。

生後三か月のときに初めて発作を起こしてチアノーゼになり、救急搬送された。それ以来自宅にも超音波式の吸入器を買い、薬剤を霧状にして吸入させてきた。一歳を過ぎた頃から体力もつき発作の間隔はあいてきたし、最近は症状が落ち着いているものの、冬場はいつ発作が起きるかわからない。

僕がいない間に、もしも大発作が起こってしまったら、命にかかわる。

一刻も早く家に帰らなくては——

「娘が危ないかもしれない。頼む。家に帰してくれ」

男は黙ってこちらを見返している。

だんだん目が慣れてきて、男の顔の造作がぼんやりと見えるようになった。

見たこともない、知らない男だ。

この男に、いったい何をしたのだろうか。一生懸命思い出そうとしたが、なにも思いつかない。

「どうして……どうしてこんなことを？」

男は表情を変えず、じっと僕を見つめている。何を考えているのか全く読めなかった。目は落ちくぼみ、頬がこけている。ダウンジャケットを着ているから着ぶくれしているものの、襟元から覗く首は筋張っていて、やせこけているのがわかった。少し長めの頭髪も薄めで、かなり老《ふ》けて見える。目は濁っていて、焦点が合っていない。とても不健康で、不気味な風貌だった。

これだけのことをしているのに、全く生気が感じられない。この男が本当に僕を殴り、力ずくでこの場所に連れてきたのだろうか。

目的が舞衣子ではないのだとすると、次に思いつくのは金しかなかった。医師だから金がとれると思ったのだろうか。まだ後期研修医で、高給取りではないのに。

「……いくらだ？」

男の肩が、ぴくりと震えた。

「いくらなら帰してくれる？　いや、いくらでも出す。現金でも、キャッシュカードでも、クレジットカードでも持っていってくれ。暗証番号だって教える。解放さえしてくれたら、通報しない。絶対にだ。約束する。だから――」

「そんな約束をして、本当に通報しなかった奴なんていないだろ。ニュースで捕まっている奴を見るたび、馬鹿じゃねえのって思ってたよ」

男の声は唇の隙間から空気が抜けているように、ところどころ不明瞭だった。

「通報せずに自分たちで解決すれば事件にならない。実際は、相当数あるかもしれないだろう」

「え？」

しばらくきょとんとしていたが、やっと意味がわかったのか、

「ああ、そうか。ニュースにならないまま解決すれば、本人たち以外にはそもそも起こったことすらわからないもんな。あはは」

とおかしそうに肩をゆすった。

「金なんていらない。それが目的じゃない。お前のキャッシュカードもクレジットカードも、俺にとって価値はないよ。それにお前、どのみち今持ってないじゃないか。ゴミ捨てに来ただけなんだから」

男はくくくと喉を鳴らした。

「いやあラッキーだったよ。住人と一緒にマンションに入ろうと思って待ってたら、ご本人登場。手間が省けた」

男が笑うと、口内が周囲の暗闇よりもくろぐろと沈んで見えた。歯がまばらにしか生えてい

ない。やたら大きな咀嚼音と、不明瞭な話し方の謎が解けた。

生きながら腐っているごとき、ゾンビのようなまがまがしい雰囲気。一瞬、死んでいった患者が生き返ってきたのではないかと本気で考えた。

——患者？

ハッとひらめいた。

この男は、自分の患者なのかもしれない。毎日何十人もの外来患者を診《み》て、入院中の担当患者を見回っている。正直、全員の顔を覚えているわけではない。

今の患者、または元患者——それに間違いないだろう。

何が気に入らないのか。誤診をした？　思うように回復しなかった？　治療方法に納得していない？　医療過誤、医療事故——次々とトラブルが浮かんでくる。

「なにかあれば、病院はちゃんと責任を取る」

僕は必死でまくしたてた。

「申し立ててくれれば、全て精査して、君が納得する方法で和解を——」

「は？」

不機嫌そうに眉が寄せられた。

「申し立てとか和解とかって、どういう意味だ？」

「いや、だからそれは——」

「お前はなにか勘違いをしているな」

　馬鹿にしたような笑い。

　確かに、一介の主治医を誘拐したってなにもなるまい。身代金を出してくれる人もいない。目的が金でもなく、医師への抗議でもなく、だけどここまで切羽詰まった行動を起こすということは、大きな恨みや憎しみが原動力だと考えられる。金銭的な解決ができるものではなく、取り返しのつかないものだとすれば……。

「もしかして――亡くなった患者の遺族なのか」

「は？」

「僕は誠心誠意、診療を続けてきたつもりだ。ミスもなかったと信じている。それでも患者を亡くしてしまうことはあるんだ。だけどそれは全て不可抗力や自然の摂理によるものだ。僕のせいじゃない」

「ああ」

　男は、やっと合点がいったような顔をした。

「お前、もしかして医者なのか」

　僕のことを知らなかったのか？

　それならなぜ――

「じゃあお前も由紀恵さんと、職場で知り合ったんだな」

由紀恵……？

こいつは由紀恵を知っているのか？

あまりに驚いた顔をしたからだろう、男は面白がるような顔をした。

「やっとわかった？　俺の目的」

「──由紀恵なのか？」

「おい、人の女を呼び捨てにすんなよ」

男が声を尖らせる。

「……何を言ってる？　由紀恵は僕の──」

「由紀恵さんは俺のものだ」

「ちょ、ちょっと待て。お前は由紀恵のなんなんだ」

「ソウルメイトだよ」

男はうっとりと言った。

「由紀恵さんに出会ったとき、すぐにわかった。運命の相手だって。由紀恵さんも同じ気持ちだって伝えてくれた。

俺には由紀恵さんが何を考えているか、何を望んでいるか、言葉を交わさなくてもわかるんだ。目を見るだけでね──いや、それも必要ないな。実際、今こうして離れていても、由紀恵さんは俺に語りかけてくれる」

虚空を見つめながら、興奮したように男はまくしたてる。

「このことだって由紀恵さんに頼まれたんだ。夫が邪魔だって。夫さえいなければ一緒になれるのにって。だから俺は由紀恵さんからメッセージを受け取った後、カメラ付きのドローンを飛ばしてお前の顔を確認しておいた。ベランダの窓から、お前が娘を抱っこしているのがよく見えたよ」

言っていることがむちゃくちゃだ。明らかに、こいつはおかしい。

とにかくなんとかしてここから脱出しなくては。考えろ。考えるんだ。

どこかで振動音が鳴り、急に部屋の一角が明るくなった。光源が振動と共に、わずかに移動している。

振動は特殊なリズムを刻んでいた。あれは僕の持っていたスマートフォンだ。舞衣子を起こさないようにサイレントにしていても、由紀恵からの着信は振動のリズムでわかるよう特別なものに設定してあった。

まさか由紀恵は、僕がこんな風に、見知らぬ男に拉致され、監禁されているなんて思わないだろう。あの暖かい家で、シチューが作られていることを信じて疑っていないだろう。

振動が終わってもしばらく画面は明るく、周囲が浮かび上がっている。壁にはカウンターが設《しつら》えてあるのが見え、その上に僕のスマートフォンは置かれているようだった。

床にはスツールがいくつかと、ローテーブルやカラオケらしき機械、やぶれたスピーカーなどが無造作に転がっている。天井の照明器具は割れ、床にガラスの破片や紙くず、ゴミが散らばっていた。

壁には一か所だけ窓のないドアがあり、かろうじてごくわずかな光が差し込んでいる。

ここはかつてバーか何かだったのだろう。カラオケがあったということは、おそらく防音性も高い。叫んだとしても、きっと誰にも聞こえない。

耳を澄ませるが、車の音や人が行き交う音などはいっさい聞こえない。誰かに見つけてもらえる可能性は低そうだ。まさに、監禁にはうってつけの場所だということか。

絶望しそうになり、慌てて気持ちを奮い立たせる。

諦めるな。

舞衣子に会わなければ。絶対にもう一度、この手で抱きしめる。

舞衣子――

泣いてやしないか。

腹を空かせてやいないか。

おむつを濡らしてはいないか。

喘息の発作が出てはいないか。

ここでこうしていると、まるで舞衣子と一緒にいた時間の方がまぼろしに思えた。

舞衣子に会いたい。

ここから出られて、再び舞衣子を抱きしめられるなら、他には何もいらない。

咳き込み、涙を流しながら、舞衣子のことばかりを考えた。

「どうすれば出してもらえるんだ？」

「何をしようが、ここからは出さないよ」

男ははっきりと言った。

「由紀恵が目的なんだろう？　だったら一緒になればいい。僕は身を引いてもいい。舞衣子には喘息があるんだ。冬は発作が起きやすい。頼む、今すぐここから出してくれたら、由紀恵と――」

「喘息？　お前の娘、喘息があるのか？」

意外なことに、男が心配そうに眉を寄せた。

「俺もガキの頃、喘息持ちだった。いつも強い吸入薬を持ち歩いてたよ。体育の授業で走ったあと、息ができなくなってぶっ倒れたことがある。あれ、本当に苦しいんだよな」

「そ、そうなんだ。死に至ることもある。危険な病気なんだよ。君ならわかってくれるだろう？」

光明が見えてきた。僕は必死に話を合わせる。

「ああ、わかる。……お前、由紀恵さんから身を引くって言ったな？　それは本心か？」

「もちろんだ。家に帰してくれるなら、約束するよ。そしてこのことは絶対に誰にも言わない」

「そうか。そういうことなら……」

男の声が柔らかくなった。ああ、これで助かる——

「なーんてね。そんなこと、信じると思ってるのか」

男はあざけるように鼻で笑った。

「おっさん、医者のくせに馬鹿なんだなあ」

男が足を引きずりながら、ローテーブルに近づく。そしてその上に置いてあった、細長い何かを手に取った。

「どうしてお前の頭巾を取ったと思う。どうして俺は顔を隠してないんだと思う。生きてこの場所から出すつもりはないからに決まってるだろう?」

一歩一歩、男が近づいてきた。

再びスマートフォンが震え、画面の光が男の手にあるものを浮かび上がらせる。

鋭いナイフの先端が、ぎらりと光った。

3

救急から入院する患者が到着するまでに、必要な準備は山ほどある。わたしは急いでナースステーションに戻ると、電子カルテをチェックした。救急対応で入力された情報を即座に見られるのは助かる。

中野梨沙子《なかのりさこ》。四十二歳、女性。気管支喘息の既往あり。

本日昼頃より三十七度の発熱、呼吸苦。本人は喘息発作だと思い気管支拡張薬を吸入、しかし改善せず。午前〇時に三十八度九分。一時的に呼吸困難に陥ったが緩和、近隣在住のため徒歩で救急を受診。

インフルエンザ検査＝陰性。尿検査による肺炎球菌とレジオネラ菌＝陰性。二週間以内の海外渡航歴なし。

レントゲン画像では肺と胸膜に影を認める。胸部と背中に強い痛み。肺炎・胸膜炎併発の可能性あり。

挙児《きょじ》希望。不妊治療（体外受精）中。受精卵を移植後につき妊娠の可能性ありとのことでCT検査は希望せず。抗生剤投与により改善しなければCT検討――

検査オーダーのアイコンをクリックすると、血液培養と喀痰《かったん》のグラム染色、PCRが入っていた。結果が出るまで時間がかかるものもある。病原体の特定まで数日みておいた方が良さそうだ。

そうとなれば、まずは病室の選択だ。女性の四人部屋が一床空いているが、みんな高齢者で免疫が弱っている。疾患名がはっきりしない現段階では、別の病室の方が安心だろう。使われていない二人部屋があるので、そこがいい。

　わたしはリネン室からシーツや枕カバーを取ると、病室へ行った。清掃ができているか、備品がそろっているかを確認する。それからナースコールと電動ベッドの作動を確認し、ベッドメイクを済ませ、名前、性別、主治医名を書きこんだタグをベッドに取りつけた。

　ナースステーションに戻り、入院患者用リストバンドを印字していると、救急の看護師が梨沙子を車椅子にのせてエレベーターから降りてきた。

　梨沙子は呼吸がかなり苦しいらしく、浅い息をしている。

「もうお部屋のご用意は出来てます。すぐに横になれますからね」

　車椅子の視線までしゃがんでそう声をかけると、梨沙子は小さく頷いた。救急の看護師がそのまま車椅子を押し、わたしがノートパソコンや医療器具を載せたナーシングカートを押して、一緒に病室へ行く。

　救急の看護師に手伝ってもらいながら梨沙子をベッドに寝かせた。点滴をスタンドにセットした後、救急の看護師から診察券や問診票、病棟控えの書類を受け取り確認する。申し送りがすむと、救急の看護師が飛ぶように出て行った。すぐ次の患者に備えたいのだろう。

　横たわった梨沙子がますます苦しそうにしているので、ベッドの背もたれを少しだけ起こし、枕を当ててやる。

「ああ……すこし楽になった……ありがとう」

梨沙子は弱々しく微笑んだ。

「苦しいですよね。あともう少しだけお付き合いください。ごめんなさいね」

梨沙子の左手首に、名前とバーコードの印字されたリストバンドをはめた。指先にパルスオキシメーターをつけ、検温と血圧測定を済ませたあと、アナムネーゼ——自身と家族の病歴やアレルギーの有無、予防注射の接種歴などの情報——を聴取していく。ただ、声を出すことすら苦しそうなので今は必要最低限に留め、詳細は明日に行えば良いだろう。日勤の担当者に、きちんと申し送りしておかなくては。

「今日はお一人でご来院ですね？　洗面用具や着替え、日用品などを持ってきてくださる方はいらっしゃいますか？」

「はい……主人が」

苦しそうな顔に、柔らかな微笑が浮かんだ。

「ご主人は、今からお越しになりますか？」

「いえ、六歳の息子がいるので出られないんです。もう今日はこのままで寝ます。明日、子供を保育園に送ったら会社を休んで来てくれるって言ってました。まさか入院になると思ってなかったから、主人もびっくりしていて。息子もわたしがいなくて泣いてるみたい」

「そうですか。まだ六歳でしたら、ママがいないと不安ですよね」

朝にご主人が来院、と打ち込みかけて、おや、と思う。挙児希望、不妊治療中となっていたはずだが――

「二人目不妊です」

　わたしの戸惑いを察したのか、梨沙子が言う。

「ああ、そうだったんですね」

　第二子を望んでいるのは同じなのに、感じたのは親近感でなく羨望だった。不妊治療中ということは夫も子供を持つことに前向きであり、協力的だということだ。セックスレスの我が家とは正反対である。

　先ほど「主人が」と言ったとき、幸せそうな表情をしていた。夫の方も、妻の急な入院にもかかわらず子供の面倒を見、次の日は保育園へ送り届け、会社を休んで見舞いに来るという。愛し愛されているのだ。

　もしもわたしが急に入院になったとして、雅之は果たして同じことをしてくれるだろうか。

「一人目は自然にできたんですけど、それから全然授からなくて。受精卵を子宮に戻したのも五回目なんです。今度こそうまくいけばって思ってたのに、肺炎になるなんて。もし妊娠していたら、赤ちゃんに影響はないんでしょうか？」

「ドクターは胎児に影響がないとされている薬を処方しています。あまり心配しすぎないでくださいね。まずはご自身のお体を治すことが先ですよ。明日の朝、主治医が来ますので、不安なことはなんでもお聞きください」

看護師の答えられる範囲で言うと、梨沙子は頷いた。

「そうだ、妊娠判定日まで、毎日ホルモン剤を飲んでいるんです。数日おきに注射も。それも明日、夫に持ってきてもらうんですが」

「持参薬がおありとのことですね。わかりました。お薬だけ、明日ナースにお渡しください」

入院中に投与する薬と重複するものがないか、拮抗するものがないかなど、管理が必要となる。院内薬剤師にも朝一番で来てもらおう。

アナムネーゼの次には入院のオリエンテーションがあるが、少しでも早く就寝できるように、吸入の間に済ませることにした。

治療薬を霧状に噴射するネブライザーという機械をセットし、ホースの先についたマウスピースをくわえさせる。ちょうど説明が終わったところで、ネブライザーの完了ブザーが鳴った。

「何かありましたら、すぐにナースコールで知らせてくださいね。ではおやすみなさい」

梨沙子がほっとした顔で目を閉じるのを見届け、部屋を後にした。

ナースステーションで、電子カルテに持参薬管理のリクエストを入れておく。院内薬剤師の中に、不妊治療経験者がいることを思い出した。梨沙子も話しやすいだろうし、心強いだろう。明日が出勤日かはわからないが、電子カルテに、その人を担当にしてもらえるよう希望を書き添えておく。

これで緊急入院の受け入れは、ひととおり終わりだ。思い切り伸びをし、肩を回してほぐす。

色々な患者がいる。たとえ同じ病名での入院であっても、不妊治療中であったりアレルギーがあったりと背景は様々で、その都度の判断や機転、対応が求められる。だから入院患者の受け入れにはいまだに緊張し、どっと疲れてしまう。

銀色のベイシン（洗面器）を持った師長が、わたしに気づいて声をかけてきた。

「受け入れ終わった？」

「はい」

「じゃあ休憩行っていいわよ」

「嘔吐ですか？　手伝います」

「こっちはいいから、今のうちに休んで」

「わかりました。ありがとうございます」

慌ただしく走り去る師長を見送ると、ナースステーションの伝言ノートを確認する。やはり、雅之から病棟に連絡があった記録はなかった。

スタッフルームへ行く前に、こっそりとロッカーからスマートフォンを取り出す。ソファに座り、期待を込めてオンにするが、やはりラインの既読はついておらず、新しいメッセージも着信もなかった。

『お願い。心配しています。ひと言でいいから連絡ください』

今度こそ気づいてくれるよう祈りながら、送信ボタンを押す。しばらく待っても反応はなかった。雅之のスマートフォン、そして自宅の固定電話にも繰り返しかける。しかし応答はない。

――やっぱり、なにかあった？

何度もメッセージを残すうちに、件数の上限を超えてしまったのか、留守番電話に切り替わらなくなった。

鳴り続けるコール音を途中で切り、スマートフォンをソファに投げ出す。

ああもう、どうすればいいの？

わたしは顔を覆って、大きく息を吐いた。

「三田さん！　大変です！」

スタッフルームに温子が駆け込んできた。息を切らせ、真っ青な顔をしている。

「どうしたの？　誰か急変した？」

「いいえ、患者さんじゃなくて……お嬢さんです」

「……舞衣子？」

「はい」

「舞衣子がどうしたの？　病棟に、雅之から電話が入ったのね？」

慌てて立ち上がり、転げるようにスタッフルームを出た。

「いいえ、お電話じゃなくて、救急車で運ばれてきました」

わたしに小走りで付いてきながら、温子が言った。

「——え?」

血の気が引く。

ナースステーションに行くと、師長が険しい顔をして立っていた。

「早く救急に向かってあげて。舞衣子ちゃん、危険な状態なの」

危険?

大きな発作が起こってしまった?

どうして? 吸入薬は?

「あ、あの……夫は」

「ご主人も下にいるから。早く行って!」

エレベーターに乗り込み、気がつくとすでに救急治療室にいた。

ベッドには舞衣子が横たわっている。ぐったりしており、呼吸不全と意識低下が明らかだった。ひと目でチアノーゼとわかるくらい、唇も、指先も紫色になっている。

「由紀恵……」

目を真っ赤にした雅之が立っていた。

「どういうこと? どうして誰も何もしてくれないの?」

パニックになり、雅之を押しのけて舞衣子の傍に行く。

「ドクターを呼んできて。このままじゃ危険よ。ねえ舞衣子、聞こえる？　ママだよ。しっかりして。すぐ元気になるからね」

舞衣子に声をかけるが、反応がない。

「三田さん――」

いつの間にか、師長が背後に立っていた。

「師長、どうして舞衣子は放っておかれてるんですか？　ドクターはいつ来てくれるの？」

「三田さん、気をしっかりもって」

「舞衣子！　舞衣子！」

舞衣子にすがりつき、体を揺らす。

「言いにくいけれど……お嬢さんはもう……」

「嘘よ！　いやあああああ！」

泣き叫んだ拍子に、ハッと目が覚める。

わたしはスタッフルームのソファに座ったままだった。

――夢……。

大きく息を吐き、背もたれに体を沈ませる。

疲れ果てて眠ってしまっていたのか。

病棟は肌寒いのに、カーディガンとユニフォームの下にはじっとりと汗をかいている。

それにしても生々しかった。まだ舞衣子を抱きしめた感触——肌の柔らかさ、そして体の冷たさ、重みが腕に残っている。

スマートフォンは手に握ったままだった。やはり着信もなく留守番電話も入っておらず、ラインの既読もついていない。

ナースステーションに戻り、伝言ノートを見て、雅之から連絡がないことを再び確認すると、わたしは心に決めた。

一時外出させてもらおう。

雅之と舞衣子は、ただぐっすり寝ているだけだと信じている。それでも、あの夢が虫の知らせのような気がしてならない。

現在、午前二時。勤務が終了するまで六時間。家までタクシーで片道三十分。大急ぎで行って、様子だけ見て、帰ってこよう——

タクシー代は往復で一万円以上かかる。それを気にしてしまうくらいなのだから、やはり心の底では大丈夫だと思っているのだ。

だけど迷惑は承知で、一時間ほど抜けさせてもらおう。舞衣子の寝顔を見て、眠りこけている雅之を叩き起こして、タクシー代を損しちゃったじゃない、と怒ってみせる自分の姿が浮かぶ。そうなればいいと心から望んでいる。

師長には怒られるかもしれないが、かまわない。舞衣子の方が大切なのだから。抜けた分は、朝の交代後も残って手伝うことで埋め合わせさせてもらおう。

　直談判するべく、師長の姿を捜した。

　ナースステーションにも、食堂にも、リネン室にも、物品庫にもいない。院内ＰＨＳで呼ぼうかと取り出してみるものの、私用なので鳴らしにくい。迷っていると、それが鳴りだした。師長からだ。

「ちょうどお話ししたいことが――」

――話は後にして。大至急カートを運んで三十五号室に来てほしいの。

　返事をする間もなく電話がきれた。

　三十五号室には、肺炎で治療中の七十歳の男性、南沢《みなみさわ》がいる。発熱と咳が主訴で、通院で治る程度の症状だが、高齢なので大事を取って入院している。熱も下がり、炎症も治まりつつあるので、退院は近いはずだった。

　駆けつけると、ベッドの傍らに師長がいた。

　パルスオキシメーターによる心拍数と血中酸素飽和度は、問題なさそうだ。それなのに師長は険しい顔で患者の胸に手を当て、自分の腕時計を見ている。時間を測っているのだろう、師長は「ちょっと待って」と言い、そのまま数十秒が過ぎた。

「一分間で二十三回。やっぱり少し早いわ。それに浅めだし」

　師長が腕時計からわたしに視線を移した。

「呼吸ですか?」

「ええ。申し送りでは呼吸数については特に言われなかったけど、昨日はどうなってる?」

師長は患者の腕に血圧計のカフを巻き、送気球を押しながら尋ねる。

「確認します」

カート上のノートパソコンで電子カルテを開き、データを確認する。

「二十です」

「やっぱりそれくらいよね」

カフに空気が送り込まれ、数秒のちにリリースされる。

「下が五十四、上が九十」

わたしは慌てて電子カルテに数値を打ち込んだ。

「この方はもともと低めだから、安定しているとは言えるけれど……気になるわ」

一般的に高齢者では、呼吸数が一分間に二十回以下、または二十五回以上で異常を疑う。この患者に関してはいずれも当てはまらないし、肺炎を考えればある程度の速さと浅さは想定範囲内といえた。

「わしも、さっきから大丈夫だって言ってるんだけどねえ」

南沢がこまったように笑う。

「そりゃあ胸は苦しいけど、前にも肺炎になったことがあるし、その時の方がよっぽど辛かったよ。今回は、毎日ちゃーんと良くなってる。何もありゃしないよ」

　しかし師長は険しい顔をしている。

「当直のドクターを呼んで」

「わかりました。でもあの、なんて言えば……」

「肺血栓の恐れがあるって」

　南沢が目をぱちくりさせた。

　肺血栓なら確かに大変であるが、その根拠がわからなかった。それでもわたしはＰＨＳで当直の丸橋《まるはし》医師に伝える。

　彼は数分後、眠そうな顔をしてやって来た。都心の病院から引き抜かれてきたドクターで、何かあるとすぐに「これだから地方の病院は」と馬鹿にする。正直、わたしは苦手だった。

「南沢さん、どうしました？　大丈夫ですか？」

「いや、別にどうも……わしは大丈夫だって言ったんだけど……」

　南沢は丸橋にも、師長にも申し訳なさそうに肩をすぼめた。

「え、そうなの？」

　丸橋はカート上のノートパソコンでカルテを確認すると、

「師長、ちょっと外へ。君も」

　と師長とわたしを廊下に連れ出した。

「バイタル問題ないじゃないか。昼に撮った胸部レントゲンと心電図の記録も見たけど、問題なし。血液凝固系もＤダイマーも正常範囲内だし」

丸橋は明らかにイラついている。

「呼吸が早いのが気になるんです」

師長が答えた。

「二十三だろ？　肺血栓かもって聞いて飛んできたんだぞ」

「だけど気になるんです。危ない兆候かもしれません」

「なにを根拠に」

「以前、そういう患者さんがいたからです。その方は半日後に血圧が急激に下がって、胸痛を訴えて、検査の結果、肺に血栓が見つかりました。南沢さんからも同じような印象を受けるんです。ＣＴで診ていただいた方が安心かと」

師長は食い下がる。

「印象って……おいおい。不要な検査をして文句を言われるのは医者なんだぜ」

丸橋は鼻を鳴らした。

「なあ、君も問題ないと思うだろう？」

いきなり同意を求められ、戸惑ってしまう。

「確かに数値上は問題ないかもしれませんが、師長の意見も――」

しどろもどろのわたしを、丸橋はうっとうしそうに遮《さえぎ》った。

「あーもういい。君に聞いたのが間違いだった。この病院は無能な看護師ばっかだけど、特に君はひどい。前に俺の投薬指示をミスったよな。大したキャリアもないくせに辞めるんだって？　まあ逆にその方がありがたいけど。足手まといだからさ」

横柄な医師はいるが、最近はコンプライアンスが厳しくなったので面と向かって悪し様に言う人は減ってきた。そんな中で「無能」「足手まとい」だと言い切られてしまうと、いい大人でも泣きそうになる。

「この病院には、無能な看護師なんてひとりもおりませんが」

うつむいたままのわたしの隣で、師長がきっぱり言いきった。

「特にこの病棟は、院内でもトップレベルの看護師が揃っています。もちろんこちらの三田も優秀です。

丸橋先生がおっしゃった投薬指示のミスのことですが、まさかとは思いますが、先生が電子カルテに指示を入力し忘れたため投薬が実行されなかった、あの時のことですか？」

「だからあの時は口頭で言ったじゃないか。聞いてなかった方が悪い」

「三田はちゃんと聞いておりましたよ。ですからカルテに指示が入っていなかったのを見て、先生に再確認いたしました。その時先生は『投薬不要だ』とおっしゃったんです」

「そ……それをさらに確認するのがお前らの仕事だろ」

「看護師の仕事は、先生のミスをかぶることではありません！」

師長が言うと、丸橋は黙り込んだ。

「この病棟の看護師は全員、わたくしが責任をもって育ててまいりました。一流だと自負しております。万が一、無能だとか足手まといだとかお思いになることがあれば、それは先生ご自身が満足に指示を出せていないからではないでしょうか」

師長が堂々と言ってのけた。わたしは心の中で喝采を送りながらも、丸橋の反応が心配だった。

「看護師風情がそんなこと言っていいと思ってんのか？　俺は医者だぞ。ここの看護師は全員、基本的なマナーからなってねえな。師長、あんたも」

案の定、丸橋は怒りで顔を真っ赤にしている。

「いいよ、ＣＴは撮ってやるよ。何ともなかったら、お前ら始末書書けよ。いいな？」

言ってることがめちゃくちゃだ。師長は呆れた顔をしつつも、

「わかりました」

と同意した。

丸橋がフンと嘲るように笑い、「さて、患者さんに説明してくるとしますか」と病室へ戻った。

「師長、かばって下さってありがとうございました。大ごとになってしまってすみません」

「あらいいのよ。一度はっきり言ってやりたかったから」

「だけど始末書だなんて横暴です」

「ＣＴで何も見つからなかったら結構じゃない。喜んで何でも書くわよ」

師長はころころと笑うと、ＣＴ室に連絡して直後の予約を取り付けた。

「三田さん、南沢さんの付き添いお願いできる？　さっき三十二号室の中村《なかむら》さんが喀血《かっけつ》して、そちらも気になるの」

「了解です」

師長は慌ただしくそちらに向かい、わたしは病室へ戻った。ちょうど丸橋の説明が終わったところだった。

「では南沢さん、下に行きましょうね」

高齢の割に元気ではあるが、足腰は若干おぼつかない。車椅子でなく、ベッドのまま連れていくことにした。

エレベーターで下りていくと、さきほどの悪夢がよみがえる。ああそうだ、帰らせてほしいと頼むつもりだったのに。けれども、今わたしが欠けるわけにいかない。

一階に到着し、ベッドのまま検査技師に南沢を預け、ＣＴ室の外で待機する。

しばらくするとスライドドアが開き、慌てたように検査技師がベッドを押して出てきた。

「ＣＴ、撮ってよかったですよ」

南沢を引き渡しながら、技師が言う。

「ありました、塞栓子《そくせんし》らしき影が」

「――あったんですか？」

南沢とわたしの声がそろう。

「よくこの時点で疑ったなあと思って。丸橋先生って新しいドクターですよね？」

「いえ、これはうちの病棟の師長が」

「ああ、やっぱりさすがだなあ」

技師はひとしきり感心すると、

「所見、電子レポートにアップしておきましたから」

と言って次の患者の対応に移っていった。

ぽかんとしている南沢を連れて病室に戻ると、カート上のノートパソコンを、丸橋医師が熱心に見ているところだった。ＣＴ画像が表示されている。

「……師長の言う通りだった」

丸橋は悔しげにひとりごちると、気を取り直したように南沢に結果の説明を始めた。

「あの看護師さんが正しかったってことなんですねえ」

南沢がしみじみ言うと、

「まあ、そういうことになりますね」

丸橋は、しぶしぶといった様子で認めていた。

早くなった呼吸をありがちな症状だと見過ごさず、師長はわずかな異変に気付いた。もしもあのまま様子を見ていたら、急に血圧が下がり、心肺は停止し、そして――

身を震わせる。わたしだったら、果たして気づくことができただろうか？

「どうでした？」

師長が再び三十五号室に戻ってくる。

「――ご指摘のとおりでした」

「あら、そうですか」

丸橋が決まり悪そうな一方で、師長はしれっとしている。

「抗凝固剤の指示を出しておいたんでよろしく。明日の朝、あらためて今後の方針を立てるってことで」

丸橋はそそくさと病室を出て行った。あの医師をやり込めるとは小気味よい。師長が頼もしかった。

「わたし、薬剤取ってきますね」

「大丈夫。用意ずみよ」

病室を出ようとするわたしを止め、師長はトレイに載せた点滴バッグを見せた。

「指示が入るのを見越して、ナースステーションで電子カルテが更新されるのを待ち構えてたの。指示のアップと同時に準備して、それから何食わぬ顔で戻ってきたってわけ」

「――師長、さすがです」

「これくらい大したことないわ。看護師歴三十年、丸橋先生よりキャリアが長いのよ。わたしの方が断然多く症例を見てきたんだから」

愉快そうに笑い、師長は手際よく点滴の投与を開始した。

「またあとで見回りに来ますからね」

と声をかけ、わたしを連れて病室を出る。

「だけど三田さんだって大したものだわ」

ナースステーションに戻り、医療廃棄物を分別しながら師長が言った。

「わたしが、ですか?」

「ええ。さっきの緊急入院の中野さん。記録を読んだら、薬剤師で不妊治療歴のある人を希望してあった。そういうの、とっても大事よ」

「本当ですか?」

思いがけず褒められて、つい嬉しくなってしまう。

「アナムネーゼを生かせてる。アレルギーとか命にかかわること以外は、聞いて記録してハイおしまいっていう看護師は多い。だけどちょっとした情報も、きちんと治療に役立てていく――そこに気づけた三田さんは、さすがね」

師長をもってして、さすがだなんて。

こんなに手放しで褒められたのは、ここに勤務して初めてかもしれない。もっと早く評価してくれていれば、もう少しここで頑張れたかもしれないのに――

今夜は師長の新たな面を知ったり、正直、見直した部分が多い。子育てが落ち着いたら、この病院に再就職というのもありかもしれない。

「そういえば話って？」

「実は……一時間ほど外出させていただきたいんです」

「え？」

師長が眉を寄せた。

「娘に喘息があることはお話ししましたよね？　今日は主人に任せているんですが、いっさい連絡がつかなくて心配で」

「だからさっきもスマホをいじってたわけね。だけど、ご主人だって子供じゃないんだし……。なにも勤務中に、あなたがわざわざ帰ることないんじゃないの？　しかもよりによって、最終日に」

「だけど発作を起こしたのかもしれないと思うと――」

「発作が起きていたとして、ご主人があなたにいっさい連絡しない、またはできないなんてこと、ありえるかしら」

「二人とも倒れているとか、万が一のことがあるかもしれません」

師長が、そっとわたしの腕に手を添える。

「ちょっと冷静になりましょう。今あなたに一時間も抜けられたら、現場はどうなるかしら？」

「……回らない、です」

「当然よね。もともと必要最低限の人手しかない。患者さんたちの命は、あなたの手にかかっていると言っても過言ではないわ。看護師として冷静な判断をしてもらいたいの。今日は一時的であれ、あなたのキャリアの締めくくりの日なのよ」

「心から申し訳ないと思います。ですが……」

わたしは顔を上げて言った。

「看護師である前に、わたしは母親です。もちろん患者さんもキャリアも大切です。だけど娘を守るのが一番の仕事なんです。娘にとって、わたしの代わりはいません」

一気に言うと、わたしは師長の言葉を待った。師長は困ったように、

「仕方ないわね」

とため息をついた。

「これじゃ残ってもらっても仕事にならなさそうね。早く行って、帰ってきて」

「あ……ありがとうございます！」

わたしは深く頭を下げる。

「でもその前に、ここの電話からかけてみない？　病院からの着信ならびっくりして出るかも」

「わかりました」

少し期待しながら、ナースステーションの固定電話から外線をかけた。緊急時に備えて、スマートフォンの電話帳に頼らず、雅之の番号は記憶している。

コール音は、ひたすら無機的に鳴り続けるだけだった。

「じゃあラインもしてみて。特別に、ここでスマホを使っていいわ。それでダメなら出発して」

「はい」

連絡がつくとは思えないが、勤務を放り出して外出させてもらう以上、やってみせなくてはならない。わたしは急いでロッカールームから自分のスマートフォンを取ってきた。

『連絡が取れなくて心配なので、様子を見にいちど家に帰ります。師長の許可も取りました』

メッセージを送る。やはり既読はつかず、返信もなかった。

「では帰らせていただき――あ！」

突然、雅之へのメッセージ全てに既読がついた。

「ちょっと失礼します」

すぐに電話をかける。数回のコール音の後、起き抜けのような、くぐもった声が聞こえた。

——もしもし？

「雅之‼　ああもう、よかった。心配するじゃないの。いったいどうなってるわけ？　大丈夫？」

——うん。

のんびりとした声。ホッとすると同時に、怒りがこみあげてくる。

師長が「ゆっくり話してきていいわ。抜けられなくて助かったから」と小声で言う。わたしは頭を下げながら、小走りでスタッフルームへ行った。

「ラインは既読つかないし返信もないし、電話しても出ないし。どうして連絡がつかなかったの？　寝てた？」

——そう。

のらりくらりした答え。こんなに心配していた自分が馬鹿みたいだ。

「やだもー、もしかして寝ぼけてる？　舞衣子は？」

——うーん……。

「うーん、じゃわかんないでしょう？　喘息は大丈夫なの？」

——大丈夫。

イライラしてくる。もうちょっと具体的に言ってよ。きっと今も、半分寝ながらしゃべってるんだ。

だけど、とりあえず安心した。何度も舞衣子の無事を確認して電話を切り、気まずい気持ちでナースステーションに戻った。

「——大変失礼いたしました」

頭を下げると、電子カルテを入力していた師長は苦笑した。

「だから言ったでしょ、大丈夫だって。さあ見回りの時間よ。さっさと行ってきて。わたしは仮眠とらせてもらうわ」

よっこいしょ、とカウンターに両手をついてふくよかな体を持ち上げ、師長が仮眠室へと歩き出す。その背中は疲れ切っていた。

師長はまだ仮眠をとっていなかったのか。一時帰宅していたら、それを奪ってしまうところだった。わたしったら自分のことばかりで、そんなことにも思い至らなかった——

「本当にすみませんでした！」

師長の背中にもう一度頭を下げた。

病室を回り始めたが、あまりにも情けなくて落ち込んでしまう。

まったくもう。

雅之がちゃんとしてくれていれば、こんなことにならなかったのに。せっかく師長が評価してくれた矢先に、その信頼を損ねるようなことをしてしまって——

立つ鳥跡を濁さず、有終の美をと思っていたはずが、こんな最終日になってしまって、悔しくて仕方がない。キャリアの汚点だ。

憤慨していたが、半分ほど病室を回ったところで冷静になってきた。

立つ鳥跡を濁そうが、キャリアに汚点がつこうが、舞衣子に何か起こることに比べたら取るに足りないことじゃないか。

腹を立てるより、素直に喜ぼう。

家族全員が健康で、無事でいることに感謝しよう。

それに、明日は家族で過ごせるクリスマスだ。

ああ、家に帰るのが待ちきれない。雅之の作ってくれたシチューを食べて温まりたい。舞衣子を抱きしめたい。そうだ、舞衣子にはサンタのコスプレをさせよう――

思わずジングルベルを口ずさみながら、軽やかな足取りで病室を回った。

*

スマートフォンの画面から発せられる青みがかった光の中、男が足を引きずりながら、一歩一歩、近づいてきた。

スマートフォンの低く唸るような振動に、まるで男が機械仕掛けであるかのような錯覚すら覚える。ナイフを構えた男は、嬉しさを抑えきれないようだ。

ふっとバイブレーションが止まり、再び辺りが暗くなった。じりじりと男が近づいてくる気配がする。

椅子にくくりつけられたまま、ナイフをよけることだけを考えていた。どちらかに体をひねれば、とりあえず最初の一撃はかわせるはずだ。それから次の攻撃をかわすことを考える。一度に助かろうと思わず、一撃ずつ、地道に、だけど着実によけていく。それを積み重ねていくしかないのだ。

だけど問題は、どちらに体をひねるかだった。暗闇になった今、ナイフがどこから突き出されるか、全く見えない。

せめてわずかでも明かりがあれば。もう一度、スマートフォンが鳴ってくれれば……。

スマートフォン……？

ハッとひらめいた。今まで思いつかなかったのが間抜けに思えるほどだった。

「オーケーグーグル、一一〇番に電話！」

ありったけの声で叫んだ。

男が息をのみ、振り向いた気配がする——が、スマートフォンはただ沈黙していた。

「オーケーグーグル！　一一〇ばんに、でんわ！」

さらに大きく、はっきり言った。しかしスマートフォンは反応を全く示さず、そこにはただ闇があるだけだった。

　暗闇の中から、くくくッとさもおかしそうな笑い声が聞こえる。

「ちょーウケるんだけど」

　手を叩き、足を踏み鳴らし、全身で笑っているようだ。

「ねえ、もしかして今のさあ、すっげー良いアイデアだって思ったわけ？　あ、俺って天才、的な？　やったーこれで助かるって？　あー、マジおかしい」

　笑われながらも、なぜスマートフォンが反応してくれなかったのかわからなかった。声が小さかった？　声を拾うには遠かった？　突然バッテリーが切れてしまった？　一縷《いちる》の望みが断ち切られたことに、僕はただ茫然としていた。

「お前、ほんっとに頭悪《わり》ぃなあ。マジで医者とは思えねえよ。まだ助かる可能性があるって信じてるわけ。ひー、腹痛《いて》えー」

　やっと笑いが収まり、男が続ける。

「そんなの、手を打ってるに決まってんじゃん。真っ先に音声認識を無効にするのは、基本っしょ？」

「だけど……ロックは……？」

　盗難に備えて、ちゃんとロックをしていたはずなのだ。

「暗証番号、娘の誕生日って、どんだけわかりやすいんだよ」

男は呆れたように、そしてからかうように言った。

「お前、舞衣子の誕生日を……?」

「もちろん知ってるよ。由紀恵さんに関する大事なことだからな。ロック解除できなかったら電源落とすか、ぶっ壊すしかなかったから良かったよ。スマホは何かと役に立ちそうだからさ」

とっくに助けなど呼べないようにされていたのだ。甘かった。

男の気配が、一気に近づいてきた。反射的に左に体をひねると、ナイフらしきものが僕の右側をヒュッとかすめた。

「ま、残念でしたっつーことで」

危なかった。反対側に体をひねっていたらと思うとゾッとする。

男が再びナイフを繰り出してきた。無我夢中で、今度は逆の方に体をよじる。ぎりぎりでよけられたものの、ナイフの切っ先が耳をかすめ、鋭い痛みが走った。

「しぶといな。サクッと死ねよ」

男が言ったとき、再びスマートフォンが唸りだした。男が一瞬そちらに気を取られた間に、伸びあがって男の腕に頭突きした。

男はナイフを落とし、はずみで自分でナイフを蹴ってしまう。わずかな明かりの中を、ナイフが転がっていった。刃先が血で濡れている。僕の血なのだと思うとゾッとした。

「あークソ。たりぃことしてんじゃねーぞ」

男は足を引きずりながら、ナイフを取りに行く。拾い上げて僕の方に戻ってくる間も、スマートフォンはずっと震え続けていた。留守番電話の保存件数か録音時間が上限を超えてしまったのだろう。

「やっぱり電源落とすか」

音と光が気になるのか、男がテーブルに近づき、僕のスマートフォンを取り上げた。画面をスワイプするとバイブレーションが止まる。

「すげえたくさん通知が来てんじゃん」

ラインのアプリを開けたのか、男はスクロールしている。

「〝舞衣子は大丈夫なの？〟〝温かくしてやって〟〝心配しています。連絡して〟〝どうして既読にもならないんだろう。本当に心配〟〝連絡が取れなくて心配なので、様子を見にいちど家に帰ります。師長の許可も取りました〟……って、おいおい、それはダメだよ由紀恵さん」

既読がついたからだろう、すぐにスマートフォンが震えだした。バイブレーションは止むことなく、ずっと唸り続けている。

男はしばらくスマートフォンを見つめたまま黙っていたが、

「くそ、しょうがねーな」

と呟き、スマートフォンを持って僕のところへやってきた。

「少しでも余計なこと言ったら……わかってるよな？」

男は僕の首筋にナイフを当てた。そこを刃物で切ったらどうなるか、職業上、よく知っている。緊張で口の中が干上がった。頷くのさえ恐ろしく、僕は目配せで了解の意思を伝えた。

男が通話ボタンを押し、スピーカーモードにしてから僕の顔に近づけた。とたんに、由紀恵の声が響き渡る。

――雅之‼　ああもう、よかった。心配するじゃないの。いったいどうなってるわけ？　大丈夫？

「うん……」

――ラインは既読つかないし返信もないし、電話しても出ないし。どうして連絡がつかなかったの？　寝てた？

「そう」

由紀恵、助けてくれ。気づいてくれ。いつもと声が全然違うはずだろ。

――やだもー、もしかして寝ぼけてる？　舞衣子は？

「うーん……」

――うーん、じゃわかんないでしょう？　喘息は大丈夫なの？

「大丈夫」

おかしな男に監禁されているんだ。僕は地下に閉じ込められ、殺されようとしてる。

――ああ、よかった。発作起きてないのね？　今日はすごく寒いから、とにかくそれが心配だったの。救急行ってるんじゃないかとか、悪いことばっかり考えちゃったじゃないの。

「…………」

答えようとして息を吸い込むと、わずかに喉元が刃に触れた。思わず息を呑む。

――雅之、聞いてる？

「う、うん」

――あーでもよかった。とりあえず安心した。じゃあ何も変わったことはないのね？

「…………」

ごくりと唾を飲み込む。

――雅之ってば。どうしたの？

「別に」

舞衣子は一人で家にいる。きっと泣きわめいている。そしてそれが喘息発作の引き金になる可能性もある……。

――ねえ、あなたがそんな調子だったら、任せるのが心配になるじゃない。眠たいの？　もっとしっかりしてよ。舞衣子、布団から出てない？　寝相悪いから、かけ直してやってよ。風邪を引いたら困っちゃう。

「……うん」

助けてくれ、と叫んでしまいたい。けれどもその瞬間、ナイフが僕の喉を掻き切るだろう。

——何かあったら、病棟に電話してね。師長も認めてくれてるから。あと三時間、しっかりお願いします。

「うん」

一瞬の沈黙のあと、受話器の向こうから大きなため息が聞こえた。

——もお、ほんっとに頼りない。しっかりしてよね。さっきから「うん」と「大丈夫」と「別に」しか口にしてないじゃない。あ、そうだ、おむつ見てやってよ。けっこう長い間寝てたんじゃない？　濡れてるよ、きっと。

「わかった」

頼む。気づいてくれ……。

——っていうか、雅之、具合悪いんじゃない？　なんだか声が変だよ。

「いや、大丈夫」

大丈夫なんかじゃない……ああ、どうすれば男に怪しまれずにＳＯＳが出せるんだ。お願いだ、気づいてくれ……。

——そう？　だったらいいけど。まあいいわ。仕事に戻る。くれぐれも舞衣子をよろしくね。

必死の祈りもむなしく、電話は切れた。

「やっぱり由紀恵さんの声はきれいだなあ。天使の声だ」

男はうっとりと言いながら、スマートフォンをダウンジャケットのポケットにしまう。そしてそのまま、タバコを取り出した。片手ではナイフを突きつけたまま、器用に箱から一本抜く。

「いつもの心での会話もいいけど、生の声もやっぱりいいな。いつ以来だろう？　最後に退院してからだから……三か月位になるか」

それを聞いて思い出した。由紀恵が、気味の悪い患者がいると言っていたことを。しかしここ数か月、いっさい姿を見せていないと聞いていたので、記憶から抜け落ちていた。今になって、僕を拉致して監禁するなんて、誰が想像しただろう。

そう。確か名前は——

「……柿沼？　柿沼だな、お前。由紀恵が担当してた患者の」

「そうだよ。やっぱり由紀恵さん、お前にも俺の話をしてたんだな」

柿沼はタバコを口にくわえ、ライターを取り出して火をつけた。炎の中で、顔が不気味に歪んだ。はにかんでいるのかもしれなかった。

「職場で出会ったってとこだけは、お前と同じだな。まあお前の場合は由紀恵さんに嫌われてるけど。愚痴ってたぜ、お前がほとんど家事も育児も手伝ってくれないって。毎日バトルだって。いやあ、可哀そうだったなあ」

柿沼はそこで言葉を止め、しばらくタバコをくゆらせた。

こんな生きるか死ぬかの状況にもかかわらず、思い当たるので驚いてしまう。まさか由紀恵は、こんな男に本当に悩みを打ち明けていたのだろうか？

「由紀恵さんにとって俺は癒しっていうか、オアシスみたいな存在らしいよ。いつも元気いっぱいに仕事するふりしてるけど、俺の病室に来るときだけは疲れた顔を隠さない。素の自分に戻れるんだろうな。看護師っていうよろいを脱ぎ捨てて、ひとりの女に戻れる場所っつーか。

まあ、そういうのが師長とか他の看護師には面白くなかったんだろうな。わざと由紀恵さんを俺の病室に来させないようにしたり、セコい画策してさ。あげくに由紀恵さんを外科から消化器外科の病棟に飛ばしやがって。だから今度はそっちに入院してあげたんだ。めちゃくちゃビックリしてたなあ」

自慢でもするかのような口調だった。

「消化器外科に入院って……そんな都合よく、どうやって」

「色々呑み込んだんだ。竹串とか画鋲とか、尖ったもの」

「な……っ」

「大したことねーよ。外科のときなんて、ハンマーで太ももを二十回くらい叩いたんだから」

男は誇らしげに煙を吐き出す。

「このご時世、なかなか入院させてもらえねーからな。ここを使わないと」

柿沼は、人差し指で僕のこめかみをこつこつと小突いた。タバコの明かりに、手の甲を覆ういくつもの丸いやけどの痕――いわゆる根性焼きのようだ――が浮かびあがった。ジャケットの袖から覗いた手首にはケロイド状の筋がバーコードのように並んでいる。

自傷癖があるのか。しかしそれにしてもハンマーで骨を砕いたり、異物を呑み込むのは度が過ぎている。

「入院するためとはいえ……辛くないのか？」

「辛いはずないじゃないか。足を引きずって、体のあちこちに傷のある俺の方が、本来あるべき自分の姿だったんだってしっくりきたよ。これまで生きてきてずっと、自分の体に違和感を覚えていたんだ。それが今は一切なくなった。

由紀恵さんが気づかせてくれた。本当の俺を取り戻させてくれたんだよ。ぜんぶ由紀恵さんのお陰だ。俺と由紀恵さんは、お互いに癒しを与えられる。言っただろ、ソウルメイトだって」

身体完全同一性障害かもしれない——医学部で習ったことを思い出した。

健康に生まれた自分の体を、逆に不自然であり不自由に感じることだ。自分の指や腕、足を切断したり、わざと失明することで本来の自分の姿に戻れたと感じるらしい。

厚着の服の下には、いったいいくつの傷があるかわからない。

「でもせっかく手術して消化器外科に入院できたってのに、また異動でさ。みんなして二人の仲を引き裂こうとしやがって。マジむかつくだろ？」

暗闇に少しは目が慣れてきた。興がのってきたのか、話すたびに手に持っているナイフが目の前で大きく揺れる。そのたびにひやりとした。

「また捜し当てて入院して、でも由紀恵さんは異動させられて……ついに『三田は退職しました』って師長が嘘つきやがってさ。ふざけんなっつーの。でも、すぐわかったんだ。由紀恵さんは、邪魔の入る病院ではもう会いたくないんだって。二人きりになりたがってるって。だからそのために俺、この三か月準備してきたんだ。

　今日はイブだからな。お前を殺して俺との新しい生活をプレゼント——な、最高だろう?」

「だから……だから今夜だったのか」

「ああ、そうだ」

　よりによって……舞衣子や僕にとって大切なクリスマスは、この男にとっても意味のあるものだったのだ。

　舞衣子、そして由紀恵と過ごしたクリスマスを思い出す。舞衣子は生まれたてで、初めてのクリスマスだというのに家の中はぐちゃぐちゃ、あちこちに使用済みのおむつが転がり、お祝いするムードも余裕もなかった。

　夜泣きがひどく、二人で交代して抱っこしたり、車でドライブに連れていったりで、睡眠は取れず互いに疲弊していた。

「もっと手伝ってよ」

　と由紀恵に泣きつかれたが、これ以上何をどうすればよいかわからなかった。仕事を休めない中、僕はギリギリまでやっていたつもりだった。けれども由紀恵の口から出るのは不満ばかりで、ついには「離婚したい」と毎日言うようになった。完全に育児ノイローゼだった。

僕もすり減っていき、「僕の仕事がどれだけ大変か、わかってるだろう？」「僕の仕事は替えがきかないんだ」「患者の命を預かってる身にもなってくれ」と怒鳴り返した。あげくの果てには「妻としても母親としても失格だ」「えらそうに言うな。たかが看護師のくせに」とまで。

お互いに疲れ果て、ののしり合ったあの日々のことを、僕は地獄だと思っていた。だけど今、冷たい地下室に監禁され、殺されるかもしれない状況で思い返すと、なんて幸せな日々だったのかと心から思う。

言い争っていた時間がもったいなかった。そんな時間があったなら、由紀恵のことも、舞衣子のことも、思い切り抱きしめてやればよかった。

あんなに幸せだったのに。

じゅうぶん幸せだったのに。

それに気がつかなかった。見えていなかった。いや――見ようともしていなかった。

自分の不満だけを並べたて、由紀恵の育児のつらさも、仕事との両立の大変さも、理解しようとしてはいなかった。

もしも――

もしもここから生きて出られたら。

もう一度、由紀恵に向き合いたい。二度と不満など言わない。夫婦として、家族としてやり直したい。ちゃんと自分の責任として家事もこなす。舞衣子のことも、早朝だろうが夜中だろうが当直明けだろうが、今まで以上に世話をする。保育園の送り迎えも積極的にやるし、熱が出たら僕が早退して迎えに行く。由紀恵だけに押し付けない。

さんざんすれ違ってきた。家族として機能しないところまで来てしまった。

だけど今度こそ。

もしあの温かなマンションに帰れるなら。

もう一度、由紀恵と舞衣子の顔を見られるなら、なんだってする――

「なあ、冷静に考えろよ」

僕は必死で語りかけた。

「ここで僕を殺したとして、どうなる？　いくら廃墟でもオーナーがいるし、いずれ必ず誰かが来る。僕の死体が転がっていたら、由紀恵との関係をさかのぼって君の存在が浮上するのは間違いないと思うよ」

「オーナー？　ああ大丈夫だよ、俺だから」

こともなげに言いながら、柿沼はタバコを火のついたまま投げ捨てた。

「このビル、ちっせえけど親父が遺してくれた。完璧に安心なところじゃないと、こんな危ねーことできるはずねーじゃん。お前、俺のことそこまでバカだと思ってたの？」

柿沼がひひひ、と笑う。

わずかな望みが断ち切られた気がした。

このまま廃ビルの地下で朽ちていく自分を想像し、身を震わせる。

「さーて。じゃあさっくり行こうか」

柿沼はいきなり首元のナイフを横に滑らそうとした。とっさに上半身をよじると、その拍子にバランスが崩れ、椅子ごと倒れた。柿沼は舌打ちをする。

「動くんじゃねーよ！」

思い切り床に打ち付けられた衝撃を吸収し切れていない僕の頭を、柿沼が思い切り蹴った。胃からせりあがってくるものをこらえきれず、そのまま嘔吐する。

きっ……た……ねーな……あ……。

録音した音声をスロー再生したかのように、男の声がうねって聞こえた。同時に、耳元で鈴を鳴らされているのではないかと思うほどの、ものすごい耳鳴りも。

耳の中はうるさいのに、急速に意識だけが遠のいていく。体を残したまま、すうっと魂だけ吸い込まれてしまいそうだ。なんだか体が軽くなったような気がし、耳鳴りも遠ざかっていき――と思ったところで、後ろに縛られた手に走った鋭い痛みに、また意識を引き戻された。

いたっ……！

痛みは、左手の側面からだった。寒さと無理な姿勢のせいで、腕や手指の感覚はほぼ失われている。それなのに痛みは激しくなり、思わず握った指先は、ぬるりとしていた。

——血……？

不自由な姿勢のまま、痛みを感じる部分をまさぐる。何かが深く刺さっていた。右手の指で感触を確かめる。硬くて、ある程度厚みがあり——鋭く尖っていた。

スマートフォンの画面が明るくなった時、周辺に見えたものを思い出した。割れたグラスや電球、そしてボトルの破片。

これはきっと、ガラスの破片だ。

傷口から引き抜いてみる。叫びだしそうなほどの痛みが走ったが、それよりも丸腰からわずかに前進できたことのほうが嬉しかった。破片は、握り込むと手に収まるくらいの大きさだった。

男はわめきながら、僕の腹や足、頭を蹴り続けている。今すぐに死んでしまっても不思議ではないと思うほどの痛みと苦しみの中、僕は力を振り絞って、破片を右手に持ち、紐にこすりつけた。握る手に破片が食いこんで痛むが、それでも手は止めない。

さんざん蹴られ、自分の嘔吐物にまみれ、鼻血を出し、再び嘔吐したとき——ふっと、わずかに紐がゆるむ感触があった。繊維の一部が切れ、可動範囲が広がり動かしやすくなる。さらに破片を紐に押しつけた。

「っとにむかつくな、お前！」

男が蹴るのをやめ、ナイフを握り直した。痛めつけられた僕の体がすさまじいほどの殺気を感じた時、さらに紐がゆるんだ。完全に切れてはいないまでも、なんとか両手が通りそうなくらいだ。僕は紐から手首を抜こうとするが、血と汗で滑ってなかなかうまくいかない。

頼む——

しかし焦れば焦るほど、両手は紐に絡まってしまう。

「死ね！」

ついに男がナイフを高々と掲げ、覆いかぶさって来た。

今度こそ、もうダメだ——

諦めかけたとき、完全に両手が解放された。

僕にめがけてまっすぐ突き出されたナイフを、体をねじってとっさによける。

男がよろめいた一瞬の隙に、どこを狙うべきかを考えた。頸動脈は、ジャンパーの襟が邪魔だ。心臓周辺も厚着が気になる。残るは顔しかない。一撃でダメージを与えるなら——

僕は体をひるがえし、破片を握りしめた。

——目だ。

わずかに光ったそこをめがけて、無我夢中で手を突き出す。

手ごたえがあった。破片が、めりこむ感触。

この世のものとは思えない男の絶叫が、闇を引き裂いた。

4

見回りを済ませてナースステーションに戻ると、温子も戻ってきたところだった。

「あー疲れた。なんだか今夜はバタバタしますねえ。おむつ替えのナースコールも多いし、血痰のサンプルをラボに送る必要があったり」

温子はわたしの隣に腰を下ろすと、首を左右に曲げ、肩をほぐし始めた。目の下にはクマができ、疲れが浮き出ている。夜勤のときは年下の温子でさえ実年齢プラス十歳に見えてしまうくらいなのだから、今のわたしなんてプラス二十歳くらいの顔になっているんだろう。

「さっき師長とやり合ってませんでした？　大丈夫ですか？」

「違うの、師長を巻き込んでしまっただけ。悪いのは、うちの旦那なのよ」

「ご主人？　師長と何の関係があるんですか」

「それがさあ、聞いてくれる？　もう本当に腹が立つんだけど――」

わたしが一連のことを話して聞かせると、

「うわあ、結局ずっと寝ていらしたってことですかぁ。それはちょっと……えーと、のんびりさんかなあ」

と温子はかなりオブラートに包んだ表現をした。まさか同僚の夫を馬鹿だとは言えまい。が、彼女の表情から、呆れているのは伝わってくる。

「ひどいでしょ？　師長の前で大恥かいちゃった。雅之のせいでパニクって大騒ぎして、もう顔から火が出そうだったよ。あのまま師長を振り切って帰宅してたら迷惑かけるところだった。っていうか、すでにもう大迷惑だよね。ああもう、ほんと情けないったら」

デスクにつっぷすわたしの肩を、温子が労《いたわ》るようにさすった。

「でも、何よりじゃないですか。娘さんが無事だったってことが一番大切なんですから」

「もちろんわかってるんだけど、やっぱり腹が立って。でも温子ちゃんにぶちまけてスッキリした」

「何度も電話が鳴っても気づかなかったくらい、旦那さんは疲れてたってことですよ。それだけお世話を頑張ってくれてたってことなんじゃないですか？」

「言われてみれば確かにそうかもね。シチューも作ってくれるって言ってたし」

「優しいじゃないですか」

「でもいつもじゃないわよ。クリスマスだし、退職日でもあるから。お祝いのつもりみたい」

「きゃー、もしかしてノロけられてますか、わたし」

「いやだ、こんなのノロケなんかじゃないわよ。家にいる時に作ってくれるなんて普通でしょ」

「いやいや、普通じゃないですって！　わたし、これまで男に手料理なんて振る舞われたことないし。わーん、うらやましい！　なんのかんの言ってラブラブじゃないですか。これでセックスレスなんて信じられないですよ」

あはは、と二人で笑う。笑いが途切れると、ふと温子がしんみりとした。

「もう、こんな風に三田さんと笑ったりできないんだなあ」

「温子ちゃん……」

「ごめんなさい、さっきからこんなことばっかり言って。でも本当に寂しいんです。泌尿器科から移って来たとき、わたし失敗ばかりしてたでしょう？　三田さんにいつもフォローして助けてもらって、すごく感謝してるんです。夜勤はキツいけど、こんな風におしゃべりしたりするのも楽しかったし。恋愛の相談にのってもらったり、ガールズトークもぶっちゃけてたし……」

「また遊びに来るわよ。そうだ、温子ちゃんもいつかうちに遊びにおいでよ」

「いいんですか？　行きたいでーす。舞衣子ちゃんにも会ってみたいし」

「家、ぐちゃぐちゃだけど、それで良ければ」

「気にしません。他の人も行きたがると思うので、誘います」

「ぜひぜひ」

「楽しみだなー。三田さんてＸ駅でしたっけ」

「そう。駅からちょっと歩くけど、スーパーも近いし暮らしやすいよ。と言っても引っ越すかもしれないけど」

「あら、もしかして買うんですか？」

「うん、そろそろ考えてる。お家賃がもったいない気がしちゃって」

「賃貸だと、隣とか上とかの音がうるさかったりしますしね」

「それが今のところ、防音はしっかりしてるみたいなの。周りに緑が多くてすごく静かだし、間取りは広いし、ワンフロア二戸しかないのも気に入ってるのよね。一番のポイントはセキュリティがしっかりしてることかな」

「セキュリティにはお金かけたいですよね。わたしも単身用の賃貸マンションですけど、鍵がないとエントランスにも入れないところ選びましたもん」

「それ基本。わたしはエレベーターに乗るにも鍵がいるところを選んだの。舞衣子もいるし、ストーカーのこともあったから」

「ああ、そうですよね。ストーカー野郎には、おうちはバレなかったんですか？」

「それが大丈夫だったのよ。彼が入院している間は尾行まで気にしなくて良かったし、退院する前にわたしは退職したことにしてもらって接触を避けてたから。さすがにそれ以来、すっかり姿を現さなくなった。みんなのおかげで撃退成功よ」

「よかったですよね。三田さんが異動してもその科に入院してくるって、かなり怖いですもん」

「そうなの。皮膚科のときに大やけどして来たのも驚いたけど……一番恐怖を感じたのは眼科のときね」

「でも眼科って、外科とか呼吸器とかと違って、入院するほどの疾患って限られませんか？　そんなにうまいこと病気になれるわけじゃないし」

　そこまで言い、温子は顔をこわばらせた。

「まさか——」

「そう。そのまさかなのよ」

　思い出すだけで、身震いするほどだ。

　逃げるように外科から皮膚科、皮膚科から眼科に異動させてもらい、三か月ほどは平和な日々が続いた。さすがに諦めたと思ったある日、奴は再び、こつ然と現れたのだ——眼科の入院にふさわしい患者として。

　由紀恵にとっても異動は簡単ではない。やっと眼科病棟の手順を覚えたばかりで、また新たな病棟へ移るのは負担だった。それに自分が異動するためには、別の看護師も異動させなければならないということだ。その人が慣れない病棟に回されて苦労し、そしてそのしわ寄せが患者にいくかもしれないと思うと、とても再度異動したいとは言い出せなかった。

　それでも事態を重くとらえた病院の総師長が、呼吸器内科に居場所を作ってくれた。そして柿沼にはわたしが退職したと偽るのと同時に、「次回はこの病院での受け入れは難しい」とくぎを刺しておいてくれた。

　それが功を奏したのだ。あれ以来、柿沼の姿を見ずにすんでいる。どのみち今日で本当に退職だ。万が一、柿沼が入院してくるようなことがあっても、わたしはどこにもいない。

「ハンマーで太ももの骨を砕くのもゾッとしますけど、目は別次元っていうか……」

「あんなに恐ろしいことはなかったわよ」

「だけど、ずっと特別個室を使ってたんですってね。お金持ちなんですか？」

「親の遺産があって、いくつかビルも所有してるって言ってたわ」

「うわ、金持ちじゃないですか」

「そうかもしれないけど、怖すぎるわよ」

「まあ確かに……いくらお金もビルも魅力的とはいえ、かなり――いや絶対、無理ですね」

　ナースステーション正面のエレベーターが開いて、マスクで顔を覆った男がおりてきた。線が細く、ひょろっとした、神経質そうな男性。誰かを捜すように、目を泳がせている。

　――柿沼？

　心臓が止まりそうになる。

　凍り付いているわたしの隣で、温子が立ち上がった。

「どちらさまですか？」

「さっき生まれたって連絡があったんですけど」

「ああ、産科なら十階ですよ。お子さまのご誕生、おめでとうございます」

「ありがとうございます」

男は照れ臭そうに頭を下げ、ふたたびエレベーターに乗り込んだ。

わたしったら。

ふうっと息を吐いて、思い切り背もたれに身を預けた。

「どうしたんですか、三田さん」

「一瞬、例のストーカーに見えちゃったのよ。ああいう、ひょろっとした感じなの。話題にしてたからなおさらそんな風に思ったのね」

「わー、それはドキッとしたでしょう」

「呼吸器まで追ってきたのかって、焦った。退職したって思いこんでるんだから、来るわけないのにね」

「いや、執念で突き止めるかもしれないし。だから新たなターゲットでも見つけてくれてたら安心なんですけど――って、相手が気の毒か。一番いいのは、ガールフレンドができることですよね。でもそんな人じゃ無理かなあ」

「最初の印象は悪くなかったのよ。物静かで、まじめそうで。看護師の指示もよく聞いてくれるし、他の患者さんとトラブルも起こさないしね。すごく聞き上手だから、最初のころは採血やシーツ替えのときに普通におしゃべりしてたのよ。美味しいレストランのこととか、お笑いのこととか。

　そういえば、育児の大変さを話すときに、つい雅之のことを愚痴ったこともあった。全然手伝ってくれない、うちの主人も柿沼さんくらいわたしに耳を傾けてくれたらいいのにって。もしかして、それがいけなかったのかな」

「うーん、誤解された可能性はありますね。三田さんみたいな女性に頼られたら、男はクラっときちゃいますって」

「そっか……」

　しゅんとなりかけたわたしに、温子が慌てる。

「ちょっぴり軽率だったかもしれないけど、普通はそこまで執拗に追いかけまわしません。だから三田さんのせいじゃないですよ——おっと」

　ナースコールが鳴った。

　わたしが担当している個室からだったので、急いで受話器を取る。さっきも見回りをしたが、異常はなかった。なんだろう。

「どうされましたか？」

　——胸が……痛いの……

　あまりの声の弱々しさから、ただごとではないとわかる。内心焦るが、できるだけ落ち着い

た声で、

「すぐおうかがいします」

と言って受話器を置いた。

「高峰《たかみね》さんだった。応援頼むかもしれないから、スタンバイしておいてね」

高峰遼《りょう》子《こ》は、もともとは卵巣がんの患者だった。発見時は六十歳でステージ3。卵巣だけでなく子宮、卵管、直腸、膀胱など腹腔全域にがんがあった。

術前抗がん剤治療で癌を縮小させてから、左右卵巣と卵管、子宮を摘出、膀胱表面の腹膜切除、直腸合併切除など大がかりな手術をした。

術後も四クールにわたって抗がん剤治療をし、二年ほどは小康状態を保っていたが、半年前に再発。抗がん剤治療を再開したが効果は思わしくなく、現在は訪問の緩和ケアを受けながら自宅で暮らしている。

そのさなかに気管支炎を患った。体力が弱っているので二週間ほど入院したが、症状も落ち着き、そろそろ退院という話が出ていたところだ。

「わかりました」

温子が緊張気味に頷いた。

病室のドアを開けると、薄暗がりの中、窓際のベッドにいる遼子が目に入った。苦しくて身をよじったのか、上半身がベッドからずり落ちかけ、ぐったりしている。だらりと下ろされた手には、ナースコールの呼出ボタンを持ったままだった。

「高峰さん、大丈夫ですか？」

大声で呼びながら肩を叩く。が、目は開かない。焦りながら頸動脈に指を触れた。脈はなかった。呼吸もない。

慌てて枕元のナースコールを押す。すぐに温子が出た。

「高峰さん、急変してます。応援と、ドクターへの連絡と、ＡＥＤお願いします」

――了解です。

温子の声も緊迫していた。

もう一度呼吸と脈がないことを確かめて心肺停止と判断すると、ベッドの片側に膝をつき、両手で胸部を圧迫し始めた。強すぎないよう、速すぎないよう、一分間に百回を目安としたリズムをキープしながら必死で圧迫を続ける。

「急変したって？」

仮眠中に呼ばれたのだろう、血相を変えた師長が救急カートを押して飛び込んできた。

「ＤＮＡＲは？」

師長が確認する。ＤＮＡＲはDo Not Attempt Resuscitationの略で、心肺停止時に、蘇生を行わないという患者の希望だ。

「人工呼吸、胸部圧迫、ＡＥＤまでご希望ですが、気管挿管や人工心肺装置は希望されていません」

「了解。絶対にこちらに呼び戻すわよ。高峰さん、しっかりしてね。わたしたちがついてるから」

　救急カートをセットしながら、意識のない遼子に師長は力強く声をかけた。

「呼吸器外科から応援に来ました。山口《やまぐち》です」

　見慣れないナースが慌ただしく入ってくる。

「では、まず背板を入れましょう。山口さん、お願い」

「はい」

　山口が、救急カートの脇にとりつけられている、まな板のような樹脂製の板を取った。胸部圧迫する際にベッドが沈んでしまうため、背中の下に敷くものだ。

「一、二、三でいくわよ。みんな、いい？　せーの」

　わたしは圧迫の手を一瞬止めてベッドを降り、師長と共に患者の肩を持ち上げる。山口が素早く、背中の下に背板をすべらせた。わたしは再びベッドに上がって膝をつき、圧迫を始める。

「次にベッドを引きましょう。また一、二、三でいくわよ。せーの」

　胸部圧迫を続けるわたしを乗せたまま、頭部側のスペースをあけるためにベッドを動かした。もう一人がそこに立って、人工呼吸を行えるようにだ。

「代わるわ。山口さんは記録をお願い。三田さんはバッグマスクで人工呼吸を。一、二、三の三をわたしが押すわ」

　師長がベッドの反対側にあがってスタンバイをする。

「了解しました。一、二、三」

　三で師長と素早く入れ替わり、わたしはベッドを降りた。山口はすでにクリップボードにかぶりつきで、ペンを走らせている。家族への説明や治療の振り返りのために、急変直後から順を追って記録を取ることは非常に大切だ。

　わたしは救急カートから人工呼吸に必要なバッグバルブマスクを取り、遼子の頭側に立った。右手を使ってマスクで鼻と口を覆い、左手でマスクにつながったバッグを揉む。そうすることで鼻口腔に空気を送り込めるのだ。

「準備できました」

「では人工呼吸お願いします。三十対二でいくわよ」

「わかりました」

　師長が圧迫の手を止める。その数秒の間に、二回バッグを押す。その後、師長が圧迫を再開する。圧迫を三十回行ったら、人工呼吸を二回行う。これを医師が来るまでひたすら続けるのだ。

「心電図モニターとＡＥＤ持ってきました。主治医、そしてご家族との連絡も取れました」

　温子が息せき切って駆けつけ、ただちに心電図モニターとＡＥＤの配置を始める。

師長は圧迫のリズムを崩さず、わずかな間に患者の寝間着をはだけて胸を露にし、絶妙なタイミングで圧迫に戻った。人の手によって上下しているだけの胸部に、温子はＡＥＤ用と心電図用の電極パッドを素早く装着する。

『心電図を解析中です。体から離れてください』

ＡＥＤの機械音声に、師長も手を離し、ベッドから降りた。わたしもバッグマスクを外し、壁に身を寄せる。ＡＥＤは自動的に心電図を解析し、電気ショックが必要か否かの判断を行ってくれる。

『電気ショックが必要です。充電しています。点滅ボタンをしっかり押してください』

機械音声の指示に温子が従うと、遼子の体がけいれんするように一瞬浮いた。

お願い――

わたしは心から祈る。が、遼子は意識を失ったままだ。

「胸骨圧迫、再開します」

師長が再びベッドの上にのぼり、わたしもバッグマスクをあてがった。遼子が目を開ける様子はない。わたしたちは懸命に心肺蘇生を続ける。

「状況を教えて」

主治医の岡嶋《おかじま》がやってきた。

「午前三時半に見回りしましたが異常はみられませんでした。しかし三時五十分に本人より

『胸が苦しい』とのナースコールがあり、来たところすでに心肺停止状態でした。胸骨圧迫を開始し、ＡＥＤで除細動を一度行いましたが心拍再開していません」

　声が自分でもわかるくらい震えている。今にも涙がこぼれそうだった。

「了解。胸骨圧迫、一旦停止してください。リズムチェックします」

　岡嶋が頸動脈に触れ、心電図モニターを凝視する。

「心停止を確認。胸部圧迫を再開して。それから末梢ルート確保」

「はい、末梢ルート確保します」

　師長とわたしが蘇生を続ける一方で、温子は点滴ルート確保のために生理食塩水の点滴バッグや針を準備する。てきぱきしているものの、表情はこわばり、緊張が伝わってきた。いつもはどっしりと落ち着いている師長にさえ、焦りが見て取れる。

　どんなにベテランになろうと、急変には慣れることはできない。生と死のはざまにいる患者を、こちら側に取り戻せるかどうかの瀬戸際なのだ。ひとつ間違えれば助かる命も助からない――そう思うと怖くなる。

「ルート確保できました」

「アドレナリン１ミリグラム、用意して」

「アドレナリン１ミリグラム、了解です」

「フラッシュ用の生食20ミリリットルもお願い」

「フラッシュ用の生食20ミリリットル、了解です」

温子が復唱しながら薬剤を準備すると、岡嶋医師がダブルチェックしてから受け取る。

岡嶋が点滴チューブの栓からアドレナリンを投与し、生理食塩水で後押しした。心臓が動いていないので、投与しても静脈からアドレナリンは運ばれない。だから生理食塩水を流し込んで心臓まで届ける必要があるのだ。

『胸骨圧迫と人工呼吸を中止してください』

機械音声が流れた。ＡＥＤは二分おきに自動的に解析してくれる。

『心電図を解析中です。体から離れてください』

わたしたちはまたベッドから距離を置いた。どうかどうか今度こそ——と祈りながら待つ。

しかし結果は『ショックが必要です。体から離れてください』というものだった。

温子がボタンを押す。また遼子の体が激しくけいれんするかのように浮き上がった。

「師長、圧迫、代わります」

圧迫には体力がいる。数分おきに交代するのが最適だ。わたしはベッドに膝を立て、圧迫を始めた。汗だくの師長は、バッグマスクを遼子の顔に押し付ける役目に回る。

「頑張って。高峰さん、聞こえる？　お願い、頑張ってよ……」

マスクのバッグを押して空気を送り込みながら、師長は懇願するように呟いている。

病室のドアが開いた。振り返ると、毎日見舞いに来ていた遼子の夫が立っている。

「遼子……」

乳房も露な胸部に電極をいくつもつけられ、ベッドにあがりこんだ看護師に胸を力まかせに押され、口には人工呼吸器をあてがわれ、深刻な顔をした医師や看護師たちに取り囲まれている——そんな異様な光景に、ただただ言葉を失っている。

「ご主人さまでいらっしゃいますか？　処置中ですので食堂の椅子で——」

クリップボードを抱えた山口が、外へ誘導しようとした。が、男性は一度頷いたきり、目を見開いたまま立ち尽くしている。

「アドレナリン1ミリグラム、追加投与」

「はい、アドレナリン1ミリグラム、準備します」

遼子の夫の目の前で処置は続けられる。

『胸骨圧迫と人工呼吸を中止してください。心電図を解析中です。体から離れてください。……電気ショックが必要です。体から離れてください。点滅ボタンをしっかり押してください』

遼子の体が大きくけいれんする。遼子の夫が、かたく目をつぶった。それでも遼子はぐったりしたままだ。今度は師長がベッドにあがり、胸を押し始めるのを見ると、彼はぽろぽろと涙を流し始めた。

「食堂でお待ちいただけますか」

山口が強い口調で促すと、素直に頷き、肩を震わせながら出て行った。

「高峰さん、ご主人いらしてくれたわよ。早く目を覚ましてあげましょうよ。ね？」

師長が語りかける。

それからもリズムチェック、心肺蘇生、電気ショック、アドレナリン投与が繰り返された。

しかしいっこうに心拍は再開せず、呼吸も戻らない。

こらえきれなかったのだろう、遼子の夫が再び覗きに来た。ちょうど五度目の電気ショックを与えたところだった。胸骨圧迫を再開するために、わたしがベッドにのぼろうとしたところで、彼が口を開いた。

「もう……やめてください」

消え入りそうな声。目は泣きはらしたらしく真っ赤だった。

「妻はじゅうぶん頑張りました……もう……休ませてあげたいです」

岡嶋医師は少し考えると、「わかりました」と静かに言った。

「胸骨圧迫と人工呼吸、停止」

岡嶋の指示に、わたしたちは手を止めるしかない。師長は沈痛な面持ちで、遼子のはだけた寝間着の前を合わせ、露になっていた乳房を隠してあげていた。その手つきは優しさにあふれていた。

岡嶋は指でそっと遼子のまぶたを開き、ペンライトを当てた。

「心臓の停止、呼吸の停止、瞳孔の散大、対光反射の消失を確認いたしました。午前四時二十分、お亡くなりになりました」

岡嶋の静かな声が病室に厳かに響くと、遼子の夫は泣き崩れた。

「これから、身の回りを整えさせていただきます。しばらくお待ちいただくことになりますが――大丈夫ですか？」

床にへたり込んでいる遼子の夫に、山口がそっと声をかける。彼は嗚咽《おえつ》しながら立ち上がろうとし、またくずおれた。

「一緒に食堂まで行きましょうね。立てますか？　つかまってください」

彼は山口に抱えられるように、おぼつかない足取りで病室を出た。泣き声が、ゆっくりと遠のいていく。岡嶋はご遺体に静かに手を合わせると、「ご主人に説明してきます」と出て行った。

わたしは、がくぜんとして遼子の青白い顔を見つめていた。

亡くなってしまった――

もうすぐ退院するはずだったのに。

今日も遼子の夫は見舞いに来ていた。仲の良い夫婦で、ナースステーションでも話題になっていたほどだ。しょっちゅうノロけられるわと師長も笑っていて、そんな二人だから師長も温かく接していた。いつかわたしと雅之もこんなふうになれたらと願わずにいられなかった。

まさかこんな急に別れが来るとは思っていなかっただろう。退院の祝い膳は何にしよう、と献立を考えていた時の嬉しそうな顔。お酒の銘柄まで指定していた遼子の華やいだ顔。自宅に戻れると、夫妻は信じていたはずだ。

見回りのとき、何か見落としたのだろうか。急変の兆候なんてなかったはずだ。日勤からの申し送りもいつも通りだったし、夕食のときも、消灯のときも、安定していたはずだ。それなのに——

わたしが今夜、家族の心配ごとに心を占められていたからじゃないか。仕事には集中し、完璧にこなしていたつもりだった。一時外出も取りやめた。ミスも見落としもなかったはずだ。だけど、亡くなってしまった。

わたしのせいだ——

「三田さん、どうしたの？　真っ青よ」

師長がわたしの顔を覗き込んでいる。

「あ……すみません」

「お清めの準備を始めましょう。機器の取り外しと片づけをお願い。長谷部《はせべ》さんはセット一式持ってきて」

「わかりました」

温子が出て行く。その横顔はりりしかった。ご臨終のときは真っ青な顔をしていたが、プロとして気持ちを切り替えたのだろう。

わたしは震える指先で、ＡＥＤ、そして心電図用の電極パッドを取り外し、点滴の針を抜いた。

ここに横たわっているのは、もう〝高峰さん〟じゃない――ご遺体なのだ。

わたしが担当でなかったら、助かったかもしれない。もしも温子が担当していたら。師長が担当していたら――

「三田さんのせいじゃないからね」

見透かしたように師長が言った。

「ご寿命よ。気管支炎だけをみれば確かに良くなっていた。だけど卵巣がんの大手術に加えて、キモセラピー（化学療法）は何クールも受けていらして、もう体力も限界だったんだと思う――本当に残念だけど、仕方がないわ」

「でも……わたしが他のことに気を取られていたから……兆候を見落としたんじゃ……」

「そんなことない」

「一時帰宅だなんて無責任なことまで考えて……」

「だけど、あなたは帰らなかったじゃない。無責任なんかじゃないわ。それに、三田さんが小児科にプレゼントを届けに行ってくれてるとき、わたしも高峰さんを見回ってるのよ。異変はなかったわ。バイタルは安定してた。とても残念だけど、これは誰にも予測できなかったことなの」

「……ありがとうございます」

人間にはどうすることもできない寿命。

命ははかないのだと、あらためて現実を突きつけられる。特にこの病棟ではしばらく看取りがなかったので、ショックは大きかった。

「片づけてきます」

わたしはＡＥＤを脇に抱え、心電図モニターと点滴台を押して病室を出た。食堂の方から、ぼそぼそした声と、嗚咽が聞こえる。岡嶋が、遼子の夫に説明をしていた。

電飾の消えた、さびしげなクリスマスツリーが目に留まる。

——高峰さんは、クリスマスを迎えられなかったんだ……

遼子の命を奪ったのはやはり自分だという思いがぬぐえず、申し訳なくて情けなくて悔しくて、わたしはぼろぼろと涙を流した。

*

わあああああ、目がぁああああ！

柿沼の絶叫が、コンクリートの地下室に反響する。

顔を両手でおおい、よろよろと歩き回りながら、叫び続けていた。

今がチャンスだ。

僕は椅子に座ったような姿勢のまま、床に横倒しになっている。両手が自由にはなったものの、足は椅子の脚に、腰は背もたれにくくりつけられたままだ。なんとか足の紐をほどこうと上半身を前に倒し、両手を伸ばした。

ガラスの破片は柿沼の目に突き刺してしまったから、今度は素手でほどかなくてはならない。しかし、紐はきつく縛られていて、ほどけそうになかった。

両手を床に滑らせ、別の破片が落ちていないか探す。けれども手の届く範囲には、紙くずや空き缶しかなかった。

急がないと。

紐が切れそうなものを探し続ける。焦りはつのるものの、かなりのダメージを柿沼に与えた自信はあった。肉体的な傷はもちろんだが、この暗闇の中で片目が見えなくなるのはパニックなはず。

柿沼は痛い痛いと悶絶している。意識が再び僕に向く前に、とにかく足を自由にするんだ。そうすればあいつを突き飛ばして、出口を探して、地上に戻れる。

激しかった絶叫が、急に止まった。おや、と思う間もなく、背中に衝撃が走る。上半身がねじ曲がるような勢いで椅子ごと吹っ飛んだ。

床に強打した頭を振り、混乱の中で見上げた。柿沼はスマートフォンのライトをつけ、自身の顔を照らしている。まるでよく見よと命ずるかのように。

左目からは、うす緑色の半透明の――ワインボトルだったようだ――破片が突き出ていた。刺したのは僕だが、あまりにグロテスクな光景に目をそむけたくなる。顔は血まみれだった。ところが、先ほどまでの絶叫が嘘のように、柿沼はケロリとした顔をしている――いや、にやにやしている。

「まあ、見てなって」

柿沼は面白そうに笑うと、指で破片をつまみ、引き抜いた――と思ったら、眼球、そして眼球周辺の皮膚までも一緒に剝がれた。

「わあああああああああ！」

今度は僕が叫ぶ番だった。

柿沼は剝いだものを僕の目の前に投げ捨てた。床の上から、片目がじろりと僕を睨みつけている。目の周りの皮膚には、眉毛やまつげまで生えそろっていた。コンクリートの床に人間が埋まっていて、その部分だけが掘り返されたかのように見える。

そして柿沼の左側の眼窩には眼球はなく、ただへこんでいるだけだった。眉毛を含む、周辺の皮膚組織もない。

――もしかしたら……

「あっぶねえ。今のはさすがにヤバかった。あーあ、俺のかわいらしいほっぺにかすっちまったじゃんかよ」

　へらへら笑いながら、ジャケットの袖口で顔の血をぬぐう。

「目をぶっ刺されるとは想像してなかったな。マジでビビったわ。もしもお前が左利きだったら、俺ソッコーで終わりだったんじゃね？　右利きで、真正面から狙ってくれたから助かったよ」

　いやーヤバかった、と柿沼は何度も繰り返し、スマートフォンのライトを切った。光の輪の残像が、あちこちにチラつく。せっかく暗闇に目が順応していたのに。また見えるようになるまで時間がかかるだろう。

「——眼窩エピテーゼか」

「そう！　さすがドクター、よく知ってるね」

　エピテーゼとは体の欠損部分とそっくりに作られた人工ボディのことで、接着剤などで体の表面に取り付けられる。シリコーンで作られたものや、義手や義足、人工乳房、そして医療用のウィッグなどもエピテーゼである。

　そして柿沼がつけていたのは顔面用のエピテーゼで、義眼と周辺皮膚が一緒になったものだった。

「ものすごく精巧にできてるだろ？　一流の技師に注文したからな。ずっと義眼って球体だと思いこんでたけど、違うんだね」

柿沼は愉快そうに笑った。

ああ……よりによって。

必死の一撃が、全くの無駄だった――

心が折れかけたが、すぐに気を取り直す。

柿沼がたねあかしをして悦に入っているうちに、なんとかするんだ。刃物に代わるものが無いのなら、やはり素手で紐を外すしかない。

僕はふたたび体を折り曲げ、足までせいいっぱい腕を伸ばす。この暗闇だ。僕から柿沼が見えないということは、柿沼からも僕が何をしているか見えないだろう。隻眼ならばなおさら。

「眼科に入院した時は、さすがに由紀恵さんも声を失ってたね。『まさかわたしのためにここまでしてくれるなんて』って感激してくれたよ。だから俺、伝えてあげたんだ。由紀恵さんのためなら、なんだってできる。もっとすごいことだってやってやるってね」

自慢はまだ続いている。今のうちだ。早く、早く。

寒さにかじかみ、そして傷だらけの指は思うように動かない。もどかしい。それでも結び目を緩めようと必死だった。爪に紐が深く喰いこみ、火で焼かれているように痛む。

ほどくのは無理か――

諦めかけたとき、閃いた。

このまま逃げればいい。歩きにくいが、進むことはできる。柿沼の目が闇に慣れないうちに、静かに行動すべきだ。

「そしたら由紀恵さんは、俺と暮らしたいって。あの人はシャイだから口には出さないけど、目が合った時に知らせてくれた。だから俺も、準備ができたら迎えに行く、って返事しておいたんだ。

眼科に入院してるとき、結局由紀恵さんは一度も病室には来なかったな。奥ゆかしいっていう言葉は、ああいう女性のためにあるんだってつくづく思ったよ」

その調子でしゃべっていてくれ。僕は床から椅子ごと起き上がる。まず普通に腰かけた状態になり、そのまま椅子を背負うようにして、音を立てないように足を踏み出した。一面に砂利があるので、慎重に進む。

一歩、二歩、三歩——

いい調子だ。どこが出口かは見えないが、とにかくこいつから離れるんだ。そして壁に突き当たったら、壁伝いにドアを探せばいい。

しかし、五歩めを踏み出したところで、柿沼が「おい、逃げてんじゃねーぞ！」と声を上げた。目が徐々に慣れ、ぼんやりとでも見えてしまったのだろう。

僕はとっさに彼の左側へ回り込んだ。そちらは視野が欠けているはずで、柿沼から僕の姿は見えないはずなのだ。

案の定、柿沼は「どこへ行きやがった！」とわめいている。

うまくやったと思ったものの、柿沼はナイフをやたらに振り回した。刃が椅子の背もたれに当たって、金属バットでホームランを打ったときのような音が暗闇に響く。けれども、刃は僕をかすめなかった。背もたれが、思いがけず盾になってくれたのだ。

そんなラッキーは続かない。死角にいようがいまいが関係なく、ナイフは僕の髪をかすめ、耳をかすめ——ついに上腕に当たった。

刃はやすやすとスウェットシャツを破り、肌に切りつける。思わず呻き声をもらすと、柿沼はまっすぐに狙いを定めてきた。さらに肩が切られ、肘が切られた。声を上げまいと歯を食いしばって耐え、とにかく死角に逃げ続ける。

気がついたら、部屋の隅に追い詰められていた。真後ろから、柿沼はナイフを繰り出してくる。どこにも逃げ場はない——僕はとっさに椅子ごと後方へ体当たりした。

柿沼が倒れた。ドン、という鈍い音と、金属が床に跳ね返るかん高い音がする。頭部を強打して気でも失ってくれるのではと期待したが、柿沼はのっそり起き上がった。

「いてえなあ。ほんっとウゼえわ、お前」

呻きながら、手探りで落としたナイフを探している。そのすきに、僕は四つん這いで逃げようとした。

突然——

脇腹に痛みが走った。

熱い鉛を流し込まれたようだった。ぎゃっと叫び、転がる。触ってみると、血でぬるぬるしていた。

「ゴキブリは逃げるなっての。あんまり俺をなめると、怒っちゃうよ」

柿沼は鼻をふんと鳴らす。

「でもさ、最初はソッコーで殺そうと思ってたけど、こんな風になぶり殺しにするのって、めちゃくちゃ楽しいね。

ドラマとか映画とかで、犯人が恨みを延々と語ったりしてなかなか殺《や》らないのって、ずっと白々しいと思ってた。だって生かしてる時間が長くなるほど、逃げられたり、警察が到着したり、誰かに発見されたりする危険は高くなるんだぜ？　そんなリスクを冒してまで、なにをベラベラくっちゃべってんだよって。だから俺は、サクッと殺すつもりだったんだ。

だけど実際にやってみると、絶対に助かるわけないのに悪あがきする奴を見るの、すげー快感なのな。だらだらとトドメを引き延ばす理由が、よーくわかったよ。

なんつーか、運命を握ってる神みたいな気分かな。潰そうと思えば、いつでもぷちゅって潰せる。だからそれまでは、さんざん弄ぶ——この感覚、たまらんわ」

興奮気味にしゃべり、ケタケタ笑っている。

僕は脇腹を強く圧迫した。けれども血は簡単に止まらない。

柿沼が、鼻先にぬっとナイフを突きつけてきた。今度こそ絶体絶命だ――と息を呑んだら、ふい、と刃先がよそを向いた。

「というわけで、すぐには殺さないでやる。あと、そうだな、十分……いや、二十分くらい遊んでくれよ」

こいつにとっては、ほんの遊びにすぎないのだ――僕にとって生きるか死ぬかの闘いでも。息をするたびに、脇腹が痛む。力が出ない。僕はぐったりと転がったままだった。

「おーい、俺の話、聞いてた？　遊ぼって言ってんじゃん。逃げてくんないと」

逃げていいなら、こっちだって逃げたい。が、起き上がろうとしても全身に痛みが駆け抜け、その場に崩れてしまう。

「逃げろっつってんだろ。さっきの勢いはどうしたんだよ」

ナイフの刃先で、足や尻をつつかれる。チクチクした鋭い痛みから、這うように逃れた。

「そうそう、そうこなくっちゃ」

片手で脇腹を押さえ、もう片方の手で床を這う。

出血が多い。が、傷の深さは二センチほど、皮下脂肪までだ。長さは四、五センチといったところか。縫うとしても十数針ですむだろう。大丈夫、致命傷ではない――僕は冷静に判断する。逃がして遊びたいという言葉通り、止めを刺すつもりはなかったようだ。

ただ、なるべく早く洗浄、消毒をしたかった。異物の除去もだ。あのナイフは何度も床に落とされ、明らかに不潔だ。砂やガラス粒なども傷の中に入っている可能性がある。処置までの時間がかかればかかるほど、病原微生物は増殖してしまうのだ。

ゆっくり、ゆっくり、それでも僕にとってはせいいっぱいの速さで、進み続ける。すぐ後ろを、ぺたんぺたんと足音がついてくる。またタバコを取り出したのか、一瞬だけ周囲がオレンジ色の光で照らされ、独特のにおいがし、煙を吐き出す音がした。

「なんか、お前、新種のクリーチャーみたい。ヤドカリが進化して、なぜか椅子を背負っています、みたいな。いや、クリーチャーより妖怪の方が、それっぽいか。『怪奇！　椅子男』みたいなさ」

おお、俺ってめちゃめちゃセンスいいな、と一人で大ウケしている。

「でもさあ、つまんねーよぉ。もうちょっと速く、ちょこまかと逃げてくんないと」

「だったら……足を解放してくれ。椅子と一体化してちゃ、速くなんて動けないよ」

息も切れ切れに答えた。

「あはは。その手には乗らねえって。さすがに足を自由にしちゃダメっしょ。手を縛り直さないだけでもありがたいと思ってくんないと。さっきは割と速く動いてたじゃん」

「刺される前だったたからだろ」

「なんだ、そうか」

蝿のように僕の周りをうろつきながら、柿沼はつまらなさそうに舌打ちした。

「だったら、さっきみたいな楽しい追っかけっこは、もうぜってーできないってことじゃん。なあーんだ」

横から力まかせに蹴られて、また床に転がった。

「つまんねえじゃん。さっさと殺しちゃおっかな」

そのまま蹴られ続ける。一発入るたびに、じわりじわりと出血するのがわかる。スウェットシャツもズボンも、血でぐっしょりと濡れていた。

息ができない。もう動けない。どんどん自分が空っぽになっていく。

氷でできているのではと思うほど冷たいコンクリートの床に体温が吸い取られ、このまま一体化していくような気がする。

――ああ、死ぬんだな。

はっきりとわかった。

虚無。

悲しいとか苦しいとか怖いとか、なにも感じなかった。まったくの虚無だった。

これまで看取ってきた患者を思い出す。みんなこんな気持ち、そして感覚だったのかもしれない。

あとわずかな時間で、自分がこの世から消えてしまうのが信じられなかった。

舞衣子の可愛い小さな手、よだれだらけの笑顔、おむつから伸びた、まるまると太ったあんよ。全てを愛おしく思い出す。
　舞衣子……

　ぼんやりとした姿の舞衣子が、僕のところにとことこ歩いて、抱きついてきた。不思議と、重みと温かさを感じる。

　僕も、ぎゅうっと抱きしめ返す。柔らかい感触。甘い匂い。

　そうか。

　これが死ぬ前に見る夢なんだな。

　目の前に、見慣れたキッチンやリビング、ダイニング、和室が現れる。

　暖かな部屋。作りかけのシチューの匂い。まな板の上には、ニンジンの切りくずが散らかってさえいる。

　ベビーベッドの脇には、ぜんそく用の吸入器。舞衣子が吸入をいやがるので、お気に入りのキャラクターシールを貼り、上には大好きなぬいぐるみを置いてカスタマイズしてある。世界にただ一つの、舞衣子専用の吸入器。

　間違いない。ここは由紀恵と舞衣子の暮らす部屋だ。

　なんだ。きっとこっちの方が現実なんだ。

　監禁されたり殺されかけたり、そんなことが起こるはずないじゃないか。

　僕はきつく舞衣子を抱きしめる。舞衣子が苦しそうにもがいたので、慌てて「ごめんごめん」と腕を離した。

「発作は大丈夫そうかな？　ちょっと胸の音を聞いておこうか」

いつの間にか手には聴診器を握っている。

「舞衣子、もしもししようねー」

聴診器が冷たくないように、手のひらで温めてやった。胸にあてると、舞衣子はくすぐったそうに高い笑い声をあげる。

ああ幸せだなあ。

幸せで幸せでたまらない――だけど、どうしてこんなに不安なんだろう。

この部屋はこんなに暖かくて平和で楽しいのに、なぜだか全身が冷え冷えとしている。確かに舞衣子を抱きしめているのに、消えてしまいそうな気がする。出かける予定なんてないのに、もうすぐ別れがくると予感している。どうしてだろう。

急に、体に衝撃が走って、大きく跳ね上がった。

舞衣子が消え、部屋が消え、光が霧散し――僕は冷たいコンクリートの上に投げ出されていた。

誰かのスニーカーの先が、腹にめりこんでいる。

「あ、起きた?」

男の声。

「死んだかと思ったじゃん。焦ったよ。もうちょっと相手してくれないと」

下卑た笑い。

ああ、やっぱりこちらが現実だった――

絶望すら、もうなかった。

どうでもよかった。

ただ疲れていた。

痛くて苦しかった。

どうせ何をやっても無駄だ。もういっそ、殺してくれ――

目をつぶった。舞衣子の姿が、鮮烈にまぶたの裏によみがえる。抱きしめた感触を腕に、匂いを鼻に、まだ感じることができる。死ぬ前に、哀れに思った神様が会わせてくれたのかもしれない。

小学校、中学、高校、大学――進学するたび、桜の下で一緒に写真を撮ることに憧れていた。彼氏を連れてきたら、まずは怒鳴りつけて追い返してやりたかった。花嫁姿を見て泣きたかった。成長を見守りたかった。まだまだたくさん思い出を作りたかった。

僕は、魂を信じていない。死んだら終わりだと思っている――いや、知っている。だから舞衣子を見守るとか、いつもそばにいるとか、そんなセンチメンタルな願望は持っていない。

僕はこのまま消えてしまうのだ――舞衣子の記憶からも。いや……そもそも幼い舞衣子にとっては、僕の記憶などないようなものだ。

つまり——僕は最初から、舞衣子にとって存在しないことと同じなのだ。

そう思い至ったとき、これまでの人生で感じたことのない恐怖に包まれた。

——ダメだ。

僕は歯を食いしばり、全身に力を込めた。

——舞衣子の人生から、僕が欠けるなんて、絶対にダメだ。

気絶していた間に、体力はほんのわずか快復していた。体を起こすと、今度は四つん這いでなく、二本足で立ち、椅子を背負ってよろめきながら走った。

「いいねいいね！　そうこなくっちゃ」

柿沼は愉快そうに笑い、ナイフを持って追いかけてきた。柿沼の死角に隠れながら、力を振り絞って走る。思ったより、スピードは出た。

突然、なにかにぶち当たる。

壁だ——と思ったが、コンクリートの感触とは違う。金属だった。もしかしてという思いで手を這わせると、ノブがあった。

——ドアだ！

急いで引っ張った。開かなかった。押した。開かなかった。焦って押したり引いたりするが、がちゃがちゃいうだけだ。

「すぐに殺すつもりだったから、お前がこの中を走り回ることまで想定してなかったとはいえさぁ」

のんびりした口調が、背後から聞こえてきた。

「さすがにドアには鍵をかけるでしょ、フツー。万が一にも、誰かが入ってくるかもしれないわけだし」

かすかに希望が見えた分、失望は深かった。ノブの回りを探したが、内側につまみのないタイプらしい。ドアに鍵がかかっている以上、隙をついて逃げ出すことは不可能だ。この男を倒してからしか、出られないということだ。

だけど立ち止まっている時間はない。すぐにドアから離れ、壁伝いに進んだ。

「んーと、あと十分くらいかな」

呑気な柿沼の声がしたとき、壁から突き出たものにぶつかった。胸までの高さしかない。手触りもコンクリートとは違う。木だろうか。そして角にはわずかな丸み——カウンターのようだ。

素早く手探りでカウンターの切れめを探し出す。ぎりぎり椅子ごと入れそうな広さだった。追い詰められたら袋小路だという恐怖と、店で使っていた包丁などが残っているのではという期待が交錯する。一瞬迷ったのち、中に入った。一か八かの賭けだ。

「お、そこ入っちゃう?　俺ですら、閉店してから入ってないなー。どうせ何も残ってないぞ」

明らかに面白がっている。

僕は必死でカウンターの内側に手を這わせた。棚が設えてあるようだ。しかし何も手に触れない。床も探るが、チラシや新聞紙らしき紙くずの他はほこりや砂利しかない。

業務用の冷蔵庫を探っても、かさかさした虫の死骸らしいものに触れるだけだった。食器棚を開け、棚をさらう。そこでやっと、何か硬いものに触れた。

使い捨てのプラスチック製のナイフだった。

とても切れるとは思えなかったが、わらにもすがる気持ちだった。ぎざぎざした部分を、勢いよく足を拘束している紐にこすりつける。強度はなく、時々曲がってしまう。それでも諦めずに手を動かした。

あっけなく、ぽきんと折れた。

舌打ちして、役立たずの破片を床に放る。軽くて安っぽい音がした。

他になにかないだろうか。切れなくても、結び目がほどければいいんだ。何か細いものを結び目に押し込めばいいんじゃないか。つまようじの一本でも落ちていれば——

ハッとして、床に放ったプラスチックナイフの破片を手に取った。割れて細くなっている部分がある。

ダメでもいい。とにかく結び目に突き刺してみた。最初は硬くて押し戻されたが、繰り返すうちに、隙間にするりと入る。少しずつ、結び目がほどけてきた。

やったぞ――

隙間ができると、そこに指を入れた。思い切り力を入れたら、わずかにゆるむ。足首が抜ける程度にまで押し広げ、やっと両足を抜いた。

信じられなかった。

ここまでくれば、こっちのものだった。腰と背もたれを縛り付けている紐は、腹をへこませてすきまをつくりつつ、スウェットパンツから脱皮するようにして抜け出した。厚手の生地の上から縛られていたおかげで、わずかな余裕があった。抜け出してから、再度身に着ける。

「それにしても、わざわざ出口のないところに自分から入るなんてさ。そこがお前の死に場所になるな。ご愁傷さま」

余裕しゃくしゃくの柿沼は、まだ僕が椅子のクリーチャーだか妖怪だかでいると思い込んでいる。僕が自由になったことを知らないのだ。

さあ、ここからは反撃開始だ。

僕はあがく。

最後まで絶対に諦めない。

舞衣子のために。由紀恵のために。

必ず生きて、ここを出るんだ。

——たとえこの男を、殺すことになっても。

5

泣きながら片づけを終えると、手早く洗面所で顔を洗った。

久しぶりの死に、うちのめされている。同じ呼吸器科でも手術を担当する呼吸器外科と比べて、慢性期の患者を引き受ける呼吸器内科は死亡例が少なく、危篤になるとＩＣＵに送られ、そこで息を引き取ることが多い。だからこの病棟でわたしが最期を看取ることは、これまであまりなかったのだ。

鏡を見ると目が真っ赤だ。プロとして、こんな顔はしていられない。わたしは両手で頬をはたくと、お清めのために病室へ向かった。

電気の消えた食堂を通る。岡嶋医師の姿はなく、遼子の夫がひとりぽつんと、暗がりのなかハンカチで顔を押さえながら泣いていた。かける言葉もなく、わたしは黙って一礼する。そのまま病室へ行くつもりが、「あの」と声をかけられた。

「三田さん……だったよね」

「はい」

「色々世話になったね。ありがとう」

「そんな……」

ぐっと喉を詰まらせるわたしに、彼は泣き笑いで言った。

「三田さんも泣いてくれてたんだね。目が真っ赤だ」

「あの、わたし……」

わたしに、できたことはもっとなかったのだろうか。死を防ぐことはできなかったのか。そんな後悔がぐるぐる頭を駆けまわる。だけど言葉にならなくて、涙がこぼれた。

「それほどまでに妻のことを想ってくれてありがとう。大勢いる患者の一人にすぎないのに」

「奥さまには……本当に良くして頂きましたから」

「ああ、よく三田さんから、夫婦関係の相談をされてたみたいだね。妻のアドバイスは役に立つでしょう。時々厳しいけど」

彼は笑った。

「あんな風ににこにこしてたけどさ、家じゃあ怖いんだからね。食事する前に手を洗わなかったら手をパチン！なんだから。好きなおかずばっかり食べてたら怒られるし、酒飲んでそのまま寝ちゃったら『歯を磨きなさい』って叩き起こされるしさ。ひどいだろう？」

「子供みたいじゃないですか」

思わずわたしも笑ってしまう。

「そうなんだよなあ。毎日毎日怒られてさ。でもまあ、ハイハイって聞くふりしてさ、手も洗わないし歯も磨かないでしれっとやりすごしてやったんだ。ああ、でも——」

　笑顔がぐにゃりと歪む。

「もうあいつに怒られること、ないんだなあ……」

「高峰さん……」

　わたしもつられて涙があふれる。この人の幸せを奪ったのは自分ではないのか……

「あはは、ごめんな、大の男が人前で泣いてさ」

　ハンカチで目頭を押さえ、ふとそのハンカチをまじまじ見つめた。

「これのアイロン当ててくれたのも、遼子なんだよな。入院する日の朝だ。まさか家に帰れないなんて思ってなかっただろうなあ。クリスマスの一時外泊を楽しみにしてて、ツリーを飾っとけってうるさいから、昨日やっとこさ出したんだよ。それなのに——」

　声を押し殺し、肩を震わせる。

「あーかっこ悪い。ごめんね、呼び止めちゃって。忙しいのに」

「いいえ。わたしもお話しできてよかったです」

「そうだ。これ渡しておかなくちゃ」

　花柄の刺繍が施されたトートバッグを、遼子の夫が差し出す。中を覗くと、薄紫色の新しい浴衣と、化粧ポーチが入っていた。

「これね……旅立ちセット」

「え？」

「死んだら、これを着せて、これで化粧してほしいって。癌になってから、緊急時にはすぐ使えるようにって、ずっと玄関に置いてあった」

「そうだったんですか……」

「今日連絡をもらったとき、取るものも取りあえず、玄関からこのバッグを摑んで駆けつけた。使う日が、ずっとずっと来ないといいと思ってたけど……」

語尾が震え、そのまま嗚咽になった。わたしもまた涙があふれ、慌てて顔を伏せる。

「お……女心、だからさ」

嗚咽の合間に、彼が声を絞り出した。

「こういうの準備してたのは……っ、さ、最後まできれいに見られ……っ、多分、俺に……だから、どうかよろしく……っ」

わたしは涙を拭きながら、大きく頷いた。

「可愛らしい、奥様の女心だと思います。愛する人の前で、最後まで美しい姿でいらっしゃりたかったんですよね。ご安心ください。心を込めて、奥様をおきれいにさせていただきます」

わたしは深く礼をし、病室へ戻った。背後で、ずっと嗚咽が聞こえている。

胸が痛かった。

「遅くなってすみません、今戻りました」

お清めの作業は、すでに師長と温子の手で粛々と進められていた。わたしもディスポーザブルのエプロンをし、マスクと手袋をはめると、ご遺体に手を合わせて合流する。

最初に体全体をお湯を含ませたタオルで拭く。下に使い捨てのシーツをしき、体を横向きにし、口元にベイシンをあて、胃部を押し、内容物を出す。それから尻の下に便器を当てて下腹部を押し、膀胱と肛門から便と尿を排出させた。陰毛はほとんど抜け落ちている。抗がん剤の副作用の苦しさを物語っている気がした。

腐敗抑制と口臭予防のために、消毒液を浸したガーゼで歯と歯茎、舌、頬の内側をしっかりと拭いていく。このあたりまでは、いつもわたしは、まだご遺体を扱っているという実感がわかない。普段の看護処置と変わらない気がするからだ。

けれどもいよいよ鼻や口、耳、肛門、膣に詰め物をする段になると、ああ、この方は本当に亡くなってしまったんだ、と思う。この方は二度と息をせず、何も食べず、何も聞かず、排泄も生殖行為もしないのだと。

咽頭に綿を詰めていく。最初に吸水性のある脱脂綿を詰めてから、吸収された水分を逃さないように防水性にすぐれた青梅綿《おうめわた》を入れる。最近では綿の代わりに体液の漏出を防止するゼリーもあるが、この病院では昔ながらの方法をとっていた。

肛門と膣にもしっかり綿を詰める。こんな姿は絶対にご遺族には見せられないといつも思う。

どんな偉業を成し遂げた人でも、指折りの金持ちでも、みんな最後は他人に陰部をさらし、まさぐられ、綿まで詰められる。決して清潔でも静謐《せいひつ》でもないこの作業に、わたしはなぜだか一番厳粛な気持ちにさせられるのだった。

　消毒液を含ませたガーゼで全身を拭き上げたら、衣服を着せる。

「こちら、ご主人からお預かりしました」

トートバッグから薄紫色の浴衣を取り出す。殺風景な病室に、ひっそりと花が咲いたようだった。

「……高峰さんらしい色ね」

　師長が言った。

　温子も、しんみりと頷く。

「本当ですね。品があって」

　浴衣を左前で着せ、帯を縦に結んだ。化粧ポーチを開けると、化粧水と乳液のセット、ファンデーション、アイブロウ、頬紅、口紅が入っていた。デパートコスメのような高級品ではなく、スーパーやドラッグストアでは少々値が張るライン、というレベルのものだ。つつましやかな遼子らしい、と思った。色味も派手過ぎず、ちゃんと浴衣に合わせてある。

　入院中はノーメイクだし、寝巻きを着ているから、その人がお洒落なのかどうかわからない。きっと遼子は高価なものを身につけなくても、センスの良い装いを楽しめる女性だったのではないだろうか。

化粧水と乳液を、丁寧に遼子の顔に塗っていく。しっかり保湿をすれば死化粧後の顔色が良く見えるということを、他の患者から聞いていたのかもしれない。

「メイクはわたしがさせていただくわ。若い子のと違うだろうから」

師長が言い、手際よくファンデーションを塗る。抗がん剤によって頭髪も失われているので、頭部と額の色の差が出ないよう、うまくぼかしていく。感心して見ていると、「癌専門病院にいた頃は、毎日のようにしていたから」と言った。

「ちょっとそこの写真取ってくれる？」

ファンデーションを塗り終わると、師長が写真たてを示した。遼子と夫で写っているものだった。厳島《いつくしま》神社だろうか、海上の赤い鳥居を背景に二人で腕を組んでいる。温子が手渡すと、師長はそれを見ながら慎重に、抜け落ちた眉毛を描き足していく。

「眉毛って一番大切だからね。一ミリでもズレたら、印象が変わっちゃう」手を動かしながら師長が言う。「できるだけ生前のお顔に近づけてあげないと」

きれいに眉が描かれ、頬紅も塗られ、口紅もつけられる。とても可愛らしくなった。

胸の上で手を組ませ、顔に白い布をかける。

「手の爪は大丈夫。足も伸びてないわよね？」

師長の問いに、温子が両足の爪先を確認する。

「大丈夫です」

「じゃあ長谷部さん、ご主人をお呼びして」

「はい」

温子が病室を出ていった。

さっきまで、命が宿っていたのに。人間だったのに。今は、人間の形をした何かだ。今はかろうじて肉体があるが、それももうすぐ消えてしまう。写真やビデオでしか見られなくなる。触れられなくなる。存在しなくなる——

温子に連れられて、遼子の夫がやって来た。ついさっきより、さらにやつれたように見える。彼はベッドの傍らに立つと、静かに手を合わせた。

「こいつ……仏になっちゃったんですね」

合掌を終えると、彼が言った。

「もう僕の妻じゃないんだな。仏様なんだ」

涙をハンカチで拭くと、彼はあらたまって頭を下げた。

「お世話になりました。きれいにしていただいて」

「奥様が素敵なものをご用意してくださっていたおかげです」

師長が微笑んで答えた。

「そうでしょう。こいつは……なんでもできちゃう人だったから。僕のことも全部してくれて。

なのに、何もしてあげられなかったなあ」

「毎日お見舞いにいらしてたじゃないですか。洗濯物を持って帰ったり差し入れしたり。なかなかできることじゃありませんよ」

「昔は仕事人間でね、全く家庭を顧みなかったから。子供たちの学校のことも全部押し付けて、嫁姑のごたごたも見て見ぬふりだったしね。だけどそんなもんだと思ってた。定年して時間ができてから、妻孝行すればいいってね。だけどいざそうなったら癌になって、闘病でどこにも行けなくなった。一度は海外旅行してみたいって言ってたのになあ。やっとできた妻孝行が、見舞いなんてね」

　大きく洟をすする。

「もうこいつはこの世界のどこを捜してもいないんですね……やっぱり、大事にできるときにしとかなきゃダメだったんだ。馬鹿でした。大馬鹿ですよ。そりゃ派手なケンカもしたし、離婚だなんだって騒がれたこともあります。だけど、健康だからこそできたことです。全部全部、生きていてこそですよ……」

　遼子の夫の言葉は、わたしの胸に重く響いた。

「すみませんね、泣き言ばかり。では帰ります。一刻も早く家に連れて帰ってやりたいので」

「あの、手配の方は……」

「もう車に下で待ってもらってます。そういうのも、全部書き残していってくれましたから。

葬儀社から連絡する友人から香典返しから全部。亡くなってからも、ずっと采配してますよ」

　彼は少しだけ笑顔になった。

　彼が病室の荷物をまとめるのを待ち、わたしと師長はご遺体をストレッチャーで階下に連れていった。通用口に行くと、彼の言った通り寝台車が待っていた。ご遺体が寝台車に乗せられ、ドアが閉まる。

「ありがとうございました」

　助手席に乗り込んだ遼子の夫が、頭を下げる。わたしと師長も、深々と頭を下げた。寝台車が発進し、エンジンの音が完全に聞こえなくなるまで、わたしたちは腰を折っていた。やっと顔を上げた時、初めて空が明るくなり始めていることに気が付いた。

「――慣れないわね」

　師長がぽつりと呟いた。

「え?」

「いつまでたっても、慣れないもんだわ。お見送りのたび、胸が張り裂けそうになる」

「師長でもですか?」

「身が持たないから普段は意識しないようにしてるけどね。新人時代、先輩には『変な意味でなく、患者さんを〝物〟だと思った方がいい』ってアドバイスされた。でないとやっていけないからね。それでもやっぱり……やるせないわよね。生きるってなんなのかしら。死ぬってなんなのかしら。この仕事をしていると、毎日その疑問をつきつけられる。そしていまだに答えは出ないんだから」

師長はやれやれと首を振って、通用口から中へ入る。わたしも後に続いた。

「看護師になって五年目……ちょうど三田さんくらいの頃かしら、とにかく人が亡くなるのを見るのが辛くて、耐えられなくなって……助産師になったのよ」

師長が職員用のエレベーターに乗りこみながら言う。

「助産師の資格もお持ちなんですか？」

看護師として激務をこなしながら、助産師になるための勉強なんて、できるものだろうか。

「死じゃなくて、人が誕生する現場に行きたい——その一心で、がむしゃらに勉強したわ。夜勤のとき、仮眠すらしないで勉強時間に充ててね。やっと資格を手に入れて、念願の産科病棟に配属されたの。赤ちゃんが可愛くて可愛くて、幸せだった。だけど幸せなお産ばかりじゃないからね。流産、死産、重篤な先天的疾患を抱えていたり……それがまた辛くて辛くて」

「そうだったんですか……」

「で、結局助産師もやめて、こうして戻ってきちゃったってわけ。看護師人生三十年、決して迷いなくやってきたわけじゃないってことよ——というより、迷いまくって、壁にぶち当たりまくって、傷だらけになりながら、今でも出口を探している感じかしらね。わたし、本当はすごく怖がりで弱い人間なのよ。人が苦しんでたり、亡くなるのを見たくないの。だからこそ、必ず元気になってもらおう、笑って退院してもらおうって必死で頑張ってる。ただそれだけ」

「師長にもいろんな葛藤があったんですね。なんだかこう、もっとスーパーウーマンなんだと思っていました。あ、いえ、決して失礼な意味じゃなくて——」

「あはは、わかってる。なんでもかんでもバリバリやって、強い女と思われてるみたいね」

「はい」

素直に認めると、師長は笑った。

「ちっともそんなことないって、これでわかったでしょ？　でも自分がこうだからこそ、ついつい周りに厳しくしちゃうの。迷うな、頑張れ、貪欲になれ！って。だから厳しいことは認めるわ」

師長はまた笑ってから、真剣な顔になった。

「三田さんも、色々と迷ってるのがわかるの。だから昔のわたしを思い出しちゃう。もっと壁にぶち当たって、もがけば、さらに成長できるはず。なのに、ぶち当たる前に逃げているように見えて、もどかしかったの。だからつい厳しくしてしまったのかもしれないわ」

「そうだったんですね……」

「夜勤はあるし死を目の当たりにするし決して楽な仕事じゃないけど、わたしは尊い仕事だと信じてるしプライドを持ってる。もしも子育てがいち段落したら、ぜひまた復帰してほしいわ。三田さんは優秀だし、なにより患者さんを自然に思いやることができる。そういう人はとっても貴重だから」

「そんな……」師長に、そんな風に思ってもらっていたなんて。「ありがとうございます」

　エレベーターが呼吸器病棟に到着した。師長は照れ臭そうに「しゃべりすぎちゃったわね」と笑いながら、エレベーターを降りた。

「見回りに行ってくるわ。記録をよろしくね」

　さっと仕事モードに切り替わり、師長が巡回に向かう。わたしはナースステーションで、死亡退院の記録を入力する。ナースコールで遼子のもとに駆けつけてから見送りまでのことが生々しくよみがえり、涙をこらえながら仕上げた。

　それから遼子が使っていた病室へ行き、新しいシーツに替え、ベッドメイクをする。ベッドと壁のネームプレートを取り外し、サイドテーブルなど手の触れるところをアルコールで拭いていく。備え付けのテレビを拭いているとき、プリペイドのテレビカードが差し込まれっぱなしであることに気がついた。最後になんの番組を見ていたのだろうと思いながら、取り出した。

　空っぽになった病室を、しばしぼんやり眺めてしまう。窓から差し込む朝陽が誰もいないベッドを白く照らし、遼子のいた痕跡を褪色させていくようだった。

　遠くで聞こえるナースコールに我に返る。朝の検温、血圧測定、点滴交換、投薬、採血、体位交換、おむつ替えと、忙しく走り回った。

「おはようございまーす」

「よろしくおねがいしまーす」

そんな声が聞こえ、ナースステーションのあちこちに日勤の看護師の姿が見え始める。慌てて時計を見た。もうそんな時間だったのか。あと三十分で申し送りだ。わたしは慌てて電子カルテの記入を済ませた。最後の数十分は感慨深いものになるだろうと想像していたが、感傷に浸る余裕など全くなかった。それはそれで、よかったかもしれない。

「では申し送りを始めます。みんな集まって」

師長の一声で、夜勤と日勤の全員が集合する。

「まず、三十号室の高峰遼子さんは、残念ながら死亡退院されました。次に三十二号室の中村さんが喀血して……」

遼子の死が、申し送りの一部として報告される。あの数時間のできごとも、たった数秒にまとめられてしまう。けれどそこに非情さはない。そのひと言だけで、ここにいる看護師みんなの胸にはそれぞれ立ち会った死が再現され、厳粛な気持ちになっているに違いないのだ。

遼子の死は、今日の夜勤までは申し送られるだろう。だけど明日からは、その名前が挙がることはない。遼子の電子カルテも、呼び出されない。病室は元通りに整えられ、おそらく午後にでも別の患者がやってくる。看護師も、まるで何事もなかったかのように受け入れる。その繰り返し。

つくづく、なんと悲しい仕事なのか。

だけど――

わたしは申し送りをしている師長を見る。師長だって迷いながら、葛藤しながら、ここまでやって来たのだ。

今までずっと、自分とは違う種類の人間だと思っていた。けれど師長にも今のわたしと同じように看護師として未熟だった頃があり、戸惑い、傷つき、悩んでいた。最初からスーパーウーマンだったわけじゃない。悩んでも一歩一歩進み、いつの間にか高みまでたどり着いていたのだ。

わたしにも……目指せるだろうか？

たとえたどり着けなくても、せめて歩み続けることはできるんじゃないか……？

「……以上です。さてみなさん、いよいよ三田さんが退職されます」

急に自分の名前を呼ばれ、ハッとする。みんなが拍手しながら、こちらを見ていた。

「ありがとうございます。お世話になりました。あの……あの……」

とっさに出たのは、思いもかけない言葉だった。

「いつか、戻ってきます！」

ぴたりと拍手がやむ。

「子育てが落ち着いたら、また戻ってきたいです。すぐには無理だけど、一年後とか、二年後とか……」

師長が、ふふっと微笑んだ。

「その言葉を待っていたわ。いつかまたきっと、一緒に働きましょう」

師長が右手を差し出した。それを握り返す。対等だと認められた気がした。

「体に気をつけてね。はい、これ」

いつの間に用意していたのだろう、師長が背後から花束を取り出した。赤い薔薇《ばら》に松ぼっくり、コットン、ひいらぎ——

「きれい……クリスマスブーケですね」

粋なことをしてくれる。目の奥が熱くなった。

「素敵でしょ？　よかったら飾って。自信作なの」

師長が胸を張った。

「え？　もしかして、これ……」

「わたしのアレンジ。習ってるの。似合わない趣味だけど」

「そんなことないです。とっても嬉しい。本当にありがとうございます」

師長に向かって頭を下げ、それからみんなにも頭を下げた。再び拍手が起こる。温子が人一倍大きな拍手をし、涙ぐんでいるのが見えた。

「みなさんもお元気で。さようなら」

「さよなら、三田さん」

拍手の中、ロッカールームまで進み、もう一度振り返って礼をした。それからすぐにロッカー室へ入る。これから一番忙しい時間帯なのに、みんな気を遣ってぎりぎりまで見送ってくれようとする。あっさりと引くのがこの職場での礼儀だった。

着替えてから、ロッカーの私物をまとめる。バッグからスマートフォンが出てきた。今日あったたくさんのことが、一気に思い出される。舞衣子のことを心配し、こっそりと何度もラインをしたのがもう何日も前のように感じられた。きっと今も雅之はいびきでもかいて眠りこけているだろう。二人が平和に自宅で過ごしている間、わたしは死に接している。まるでひとりだけ別世界にいたような気分だった。

だけど、もうすぐわたしも平和な世界に戻る。これからは、当面そちら側に留まることになる。

ユニフォームを畳んでロッカーの中に置いた。自前のナースシューズは巾着袋に入れてバッグに仕舞う。最後にロッカーの扉に貼ってあるマグネットのネームプレートを取った。

そっとロッカールームを出る。ナースコールが鳴り響く中、すでに全員が忙しく走り回っていた。夜勤を終えたはずの師長と温子も、まだカルテを見ながら話し込んでいる。さっきまで確かに自分もいた世界。あんなに退職の日を待ちわびていたのに、すでに懐かしく寂しかった。わたしは最後にもう一度深く礼をすると、職員用のエレベーターで降りた。

通用口から出るとき、遼子とその夫を見送ったことを思い出してつい立ち止まる。クリスマスツリーの飾られた自宅に、物言わぬ妻を迎え入れることになった遼子の夫は、いったいどんな気持ちだっただろう。

わたしが今日、舞衣子と雅之と一緒にクリスマスを祝うことができるのは、決して当たり前のことなんかじゃないのだ。

——全部全部、生きていてこそですよ。

遼子の夫の重い言葉を嚙みしめる。

この仕事を何年していても、常に死を実感し続けるのは難しい。だけど今夜のように生々しい死を目の当たりにすると、命には限りがあることにあらためてハッとさせられる。

わたしも、いつか死ぬんだ。

雅之だって。

怒っている時間もケンカしている時間も、もったいない。

最初から相性の良い夫婦なんていない。お互いに努力をして、歩み寄っていくものなのだ。

師長が一日でスーパーウーマンになったのではないように、高峰夫婦だってすぐにおしどり夫婦になったわけではない。大げんかもし、離婚の危機もあり、乗り越えてこその二人だった。

わたしと雅之は、分岐点にいる。良い方向にも悪い方向にも、どちらにも進むことができる。

そしてそれは、自分次第なのだ。

だからって急に物わかりが良くなったり、相手ばかりを尊重したりもできないだろう。これからもきっと、たくさんぶつかりあって、傷つけあっていく。だけどその上で、お互いに成長していけたらいい――せっかく今、生きてるんだから。

またいつか病棟の仕事に戻りたいことを、帰ったら話してみよう。そして実現するためには、もっと家事にも育児にも協力――いや、当事者として責任をもってやってほしいとはっきり言うのだ。物を投げ合うほどの大げんかになるかもしれないけど――想像したら、ちょっぴり可笑しくなった。

だけどとりあえず、今日はお祝いだ。せっかくのクリスマス。家に帰ったら、楽しいことばかりが待っている。

――早く帰ろう。

わたしはやっと、歩き出す。

朝陽が眩しい。

きんとした冬の空気をすがすがしく頬に感じながら、わたしは家路を急いだ。

*

「そうだ、音楽でも聴く？」

柿沼がスマートフォンを取り出したようだ。スクリーンの青味がかった光が、ぽっと灯る。

「何がいいかなー。由紀恵さんって、洋楽を一切聴かない人なんだよね。だから俺も入れてないんだ。えーとプレイリストは……と」

軽快なJポップが流れ出す。カウンターの陰からそっと覗いてみると、柿沼は曲に合わせて口ずさみ、ナイフを持った手でリズムを取りながら、部屋の中をうろつき回っていた。

柿沼の気がそれるのはありがたい。僕が周辺を探る音を聞かれないためにもちょうど良かった。しかも音楽が聞こえやすいようスマートフォンをどこかに置いたのだろう、淡い光が天井を青く染め、部屋全体にぼんやりと行きわたる。

僕は光を頼りに、そこら中に手を這わせる。さっきは椅子と一体化していたので狭い場所に入れなかったが、今なら入れる。カウンターの隅っこに、何か固いものが転がっていた。引き寄せるとガラスのコップだった。安物らしく、薄くて軽い。だが、何もないよりマシだ。また何かに手が当たり、期待したが、スプレー缶だった。何のスプレーかと目を凝らすが、見えない。中身が何であっても、決定的な武器にはならないだろう。がっかりしながら探り続けると、空の酒ボトルが出てきた。いいぞ。厚みがあって、重い。あいつが近づいてきたら、これで殴ってやればいい。

「この曲と、次と、その次ので……ほぼ十分じゃん。うん、完璧」

柿沼は愉快そうに言った。最初は意味がわからなかったが、ふと鳥肌が立った。僕の寿命が、あと三曲分しかないということだ。

曲が全て終わってしまう前に、なんとかして勝負をかけなくてはならない。

「ねー、つまんないから出て来いよー」

そうだ。今外した紐だって役に立つんじゃないか。椅子だって、凶器になりえる。あとは
……あとは……包丁かなにかあれば……

薄暗い中、氷のようなコンクリートに這いつくばり、すみずみまで両手をすべらせる。昆虫、おそらくゴキブリの死骸がいくつか転がっている。僕は虫が苦手なので普段なら悲鳴をあげているところだが、生きるか死ぬかのぎりぎりのところにいると、手に触れても口に入りそうになっても、なんとも思わなかった。むしろ、この地下が地上とつながっている唯一の証拠のようで、安心さえした。

まず、どうにかしてあいつをカウンターまで近づかせ、覗きこませる。顔面にスプレーをぶっかけて目を潰し、すかさず立ち上がって、ボトルであいつの頭を殴打する。床に倒れたらカウンターから出て、今度は椅子で思い切り全身を殴りつける。ぐったりしたところを、紐で首を絞めてやる——

これなら何とかいけそうだ。ごくりと唾を飲む。

「おいってばー」

鼻歌の合間に、話しかけてくる。

「お前が椅子のクリーチャーか妖怪だったらさあ、俺はなんだろうね？　デストロイヤー？

バスター？　うーん、なんかしっくりこねーなあ。もっとかっこいいの考えなくちゃ」

　どうやってこっちの方に呼べばいい？

「おーい、出て来いよ。もう一度追いかけっこしよう。こんなんじゃ三曲も待ってる意味ないよ。遊びたいのに」

「――お前が来ればいいじゃないか」

「え？」

　しまった。今のはあからさまだったか。警戒されるかもしれない。

「そんな狭いところ行っても追いかけっこできないじゃんかよ」

　不機嫌そうな舌打ちが聞こえる。しかし舌打ちしたいのはこちらの方だった。近づいてくれなければ、さっきの計画は実行できない。

「どうすればクリーチャーが出てきてくれんだろうなあ。なんか俺、まるで未踏の地にＵＭＡとか探しに来てる探検隊みたいじゃんかよ。うろうろして、待ち構えて、テレビのなんとかハンターみたいな……って、あ‼」

　柿沼が、音楽をかき消すほどの大声をあげた。

「ハンター！　ハンターだよ！　それいい！　ミステリアス・クリーチャー・ハンター！　略してＭＣＨ！　すげーかっこよくねえ？　ゲームにもありそうじゃん」

　ひとりで興奮し、手を叩いている。

「椅子から進化した生き物がいるという噂を聞きつけ、やってまいりました。そうです、最近ちまたで話題の、チェアーマンです！　いやあ、それにしてもここは地下深く、暗く、そして寒いですねえ。それでもわたくしはくじけませんよ。それではハンター柿沼、探検したいと思います！」

芝居がかった口調で言ったとき、ちょうど一曲目が終わった。すぐに次の曲が始まる。

「物音がしましたね。行ってみましょう」

こちらに、来る。

僕はカウンターの下に隠れ、しっかりとスプレー缶とボトルを握った。どこから覗くだろう？　少しでもズレたらおしまいだ。最初の一撃が決められなかったら、椅子が外れて全身が自由になったことがバレるだけで、最悪の展開になる。

場違いに明るい音楽がうるさくて、足音が聞こえない。どこだ？　どっちだ？

見られてもすぐにばれないように、椅子に座って、頭を低くして待つ。どこから頭が出ても対応できるように、カウンター中央で待機しておいた。ぺた、と靴音がした。左だ！　急いで左側に移り、両手の武器をスタンバイする。

「ばあ！」

しかし柿沼の顔が出てきたのは、反対の方だった。どうして？　とっさに動けなかった。混乱もしていた。距離もあり過ぎた。

ハッと気がついて武器を持った両手を隠すのと、顔がひょいと引っ込んだのは同時だった。もしかして武器を見られてしまったのではないか？　椅子から自由になっていることも。もしそうだとしたら、今すぐにでも襲いかかってくるかもしれない。

僕は体を縮こませて、息をつめ、構えた。

「おおー、なんとなーく、見えましたねー！　みなさん、やはり噂は本当でした！　ここは、チェアーマンのすみかなのです！」

僕の細かい様子は見えなかったのだろう、口調はのんきだった。そっと安堵の息を吐いた。

その声も、顔が出て引っ込んだ場所からは離れて聞こえてきた。その時やっと、気がついた。頭や顔を殴られ、耳がおかしくなっている。いや、どちらか鼓膜が破れているかもしれない。聞こえ方が不自然だった。聴覚に頼ることはできそうにない。

せっかく手を伸ばせば攻撃できるところに来たのに、一撃を加えられなかったのは痛かった。だけど焦りも禁物だ。チャンスは一度だけ。絶対に失敗はできない。

「しかしみなさん、チェアーマンの全貌を見たくはありませんか？　見たいですよね！　お見せできなければ、ハンター柿沼の名が廃ります！　必ずや、穴ぐらから引きずり出してみせましょう。では、いよいよチェアーマンをおびき寄せたいと思います。ここの鍵です」

金属がこすれる音がし、床にぶつかる高い音が響いた。

――鍵？

思いもかけない言葉に、心臓が跳ねた。

そうだ。あいつを殺したって、鍵がなくちゃ逃げられないんだ。

鍵。

あれさえあれば、逃げられる——

確かめようと、そっと頭を覗かせた。

「あ！　今なにか見えましたねー。頭かなー？」

慌てて引っ込めた。

のこのこ出て行くわけにはいかない。

「やはりチェアーマンは、このエサに興味があるようですねー」

くっくっと笑い声。

「おーい、鍵はここだよー。出ておいでー」

ボトルを投げつけるのはどうだろう。頭に当て、ひるんだところに、椅子を持って襲撃する。

そして鍵を拾って逃げる——

様子をうかがうと、柿沼はタバコをくわえ、火をつけているところだった。ふーっと大きく煙を吐き出す。

今、確実に油断している。

僕は狙いを定め、ボトルを思い切り投げつけた。ボトルはまっすぐ柿沼に向かって飛んでいく。

いいぞ――

祈るように見守る。

しかし――

がしゃん、と割れる音がした。ボトルはわずかに離れたところに落ちた。かすりもしなかった。僕は慌ててカウンターの下に身を隠す。

「え、ウケる、何これ！　武器のつもり？」

柿沼は手を叩いて笑っている。

「みなさーん、チェアーマンは原始的な武器も使えるようです！　あー面白すぎ！　笑わせてくれるなあ、このおっさんは。やっぱり両手が自由になると、反撃の幅が広がるね！　追いかけっこしたくないなら、こういうのでもいいよ」

二曲目が途切れた。胃がひやりとする。

あと一曲。

殺すか、殺されるか――

「じゃあ投げ合いっこね。そーれ！」

火のついたままのタバコが投げ入れられた。当たらなかったが、かすめそうになった。危なかった。踏みつけて消そうとし、ふと思いとどまる。またこちらから投げ返せるかもしれない。

「あとは……ああ、今の瓶の破片は投げないでおこう。さっきみたいに、刺されたら困るからね。危ない危ない」

　ひゃひゃひゃ、と笑う。

「空瓶があといくつあるか知らないけどさー、俺に当てるのは無理ゲーだと思うな。瓶って大きいから感づかれるし、スピードもないからすぐよけられちゃう。でもいいよ、どんどん投げてくれて。楽しいから！」

　やけくそで、スプレー缶とガラスのコップを投げた。意外にスピードが出て、両方とも柿沼の肩に命中した。

「缶とコップかー。頭に当たったってダメージないよ。ってか何？　こんなもん投げてきたってことは、もう空瓶、ないんだ？　かわいそー」

　もう足元にはゴミしか残っていなかった。

　――椅子で殴りに行くしかない。

　あいつは僕が自由に動けることを知らない。いきなり飛び出して行ったら不意打ちができる。とにかく一撃をくらわせられたらいい。ナイフを奪って、それから――

　深々と突き立ててやる。

　椅子の背もたれを持ち、そうっとカウンターの出口へ行く。

　柿沼はロック調のギターのリフに合わせて、弾く真似をしていた。

今だ——

椅子を振り上げようとすると、腹部に激痛が走った。叫びそうになるのをこらえ、膝から崩れ落ちる。刺された傷が痛くて、力が入らない。

くそ……！

腹を押さえて、床にうずくまる。

殺されたくない。

死にたくない。

曲が盛り上がっている。もうすぐ終わってしまう。

どうすればこいつを殺せるんだ？

考えろ、考えろ。

視線を床に這わせると、煙をあげているタバコが目に入った。

そうだ……

血だらけの指を伸ばし、タバコを手に取る。吸い込んでみると、先端が赤く光った。まだ燃え残っている。僕はあたりに落ちていた紙くずに、タバコの火を押し付けた。すぐに燃え始める。新聞紙を縦に丸めて火に近づけると小さなたいまつができた。

——いけるかもしれない。

曲が終わった。急に静かになる。

「はい時間切れ！」

柿沼の声ががらんどうに響いた。

「最後にもっと追いかけっこしたかったけど、まあまあ面白かったかな。じゃ、そーゆーことで」

柿沼の足音が近づいてくる。

さあ来い、柿沼。これが燃え尽きてしまう前に――

柿沼が覗き込む気配がした時、素早く立ち上がり、頭部を目がけて燃える新聞紙を押しつけた。ぎゃ！　と悲鳴をあげ、柿沼が転倒する。僕がカウンターから出てみると、柿沼は床に転がりながら燃えるニット帽を脱ぎ棄て、火が燃え移った髪を両手ではらっているところだった。顔面に命中しなかったこと、そしてすでに髪の毛の火が消えかかっていることに失望しながらも、そばに落ちていたナイフを拾い、首を狙って刃をおろした。

が、あっさり腕で振り払われ、逆に足首を掴まれてバランスを崩す。頭から床に落ち、全身を打ち付け、息ができないほどの痛みが全身を駆け抜けた。ナイフが虚しく床を滑っていく。

「なんだテメエ、いつの間に椅子から外れてんだよ！」

僕に馬乗りになりながらも、柿沼の声には焦りが滲んでいた。

「あーもう殺す殺す殺す。いい気になりやがって」

柿沼は片手で僕の首を絞めつつ、もう片方の手をナイフに手を伸ばす。もうろうとする意識の中、そのわずかな隙に、僕はまだ燃えているニット帽を指先で拾い、柿沼の顔面に投げつけた。熱さなどを感じる余裕などなかった。

柿沼が叫びながら離れる。ニット帽はすぐに落ちたが確実に顔面を焼いたようで、柿沼は手で顔を押さえながらのたうち回っている。

今のうちだ。床をまさぐり、鍵を捜す。

——ない。

鍵はどこだ?

急に肩に痛みが走った。柿沼が咆哮をあげながら、ナイフを振り回している。切っ先が肩をかすめたようだ。が、今の攻撃で目が見えにくくなったのか、でたらめな方向に刃を繰り出している。とはいえ、このままでは僕に命中するのも時間の問題だろう。僕は音をたてないように、柿沼から離れた。

鍵。ああ、鍵が見当たらない。

僕は焦りながら、床を這いつくばる。膝が何かを蹴り、甲高い音を立てた。さっき投げたスプレー缶だ。しまった、と思ったが、遅かった。驚くほど正確に方向を捉えた柿沼が、こちらを目がけてやってくる。僕は慌てて移動しようとし、再びスプレー缶を蹴ってしまった。音を立てて転がる缶を慌てて拾いあげ、ハッと閃く。

そうだ——

僕はまだくすぶっているニット帽に、落ちていた紙くずを押しつけ、ふっと息を吹きかけてみる。火が、紙くずに燃え移った。

柿沼が近づいてくる。

――賭けてみるか。

いちかばちかだ。

失敗すれば、もうあとはない。

ナイフを持って突進してくる柿沼に向かってスプレー缶を思い切り噴射しながら、燃える紙を近づけた。

「死ねー！」

目の前に大きな炎が魔人のように現れ、そのまま柿沼を目がけて襲いかかった。

人間のものとは思えない絶叫。一度耳にしたら忘れられない、地獄の叫びだった。

化繊のダウンジャケットは一瞬で炎のかたまりになり、全身はゴオゴオと音をたてながら勢いよく燃えさかっている。

火に包まれた男は、影絵のように黒く見えた。肉の焼ける臭いが地下室に充満する。体をくねらせながら逃げ場を探すように歩き回ると、やがて動きを止め、床に崩れ落ちた。

――やったのか……？

僕はまだ燃え続けている炎から離れ、呆然とへたり込んでいた。まだ勝ったという実感がわかなかった。明るく照らし出された部屋で、傍らに落ちたスプレー缶をふと見る。ゴキブリの絵が描かれていた。殺虫剤だったのか。

再び動き出して襲ってくるのではという気がし、しばらく緊張が解けなかった。だんだん火が小さくなり、ガラスの破片で突き刺しても男が全く反応しないことを確かめると、僕はふらつきながら再び鍵を捜し始めた。

どこに行ったんだ？　まさか、一緒に炎に呑まれた？　変形したり溶けていたらどうしよう。

焦って捜していたら、隅っこに落ちているのを見つけた。柿沼がもがいている間に、蹴とばしたのだろう。

鍵を拾い、テーブルに無造作に置かれていたスマートフォンと、マンションの鍵も回収する。果たして鍵は、はったりではなく、本当にこの地下室のものだった。あっさりと開き、僕は這うようにして階段を上る。

地上が見えてくると、涙が出た。

生きてる。僕は生きてる。

完全に地上に出る。信じられなかった。叫び出したいくらいだった。

そこはさびれた商店街で、おそらく昼間でも営業していないだろうと思われる錆《さ》びついたシャッターがずらりと並び、アーケードはぼろぼろで破れていた。その隙間から、明るくなりかけている空が見える。

ここはいったい、どこなんだろう。スマートフォンを取り出し、位置情報を確認する。どうやら自宅から、車で三十分ほどの場所のようだ。

警察を呼ぼうと思った。が、正当防衛とはいえ人を殺してしまっている。聴取などに時間を取られる。今は舞衣子のもとに一刻も早く戻るのが最優先だ。救急車は必要ない。これくらいの傷なら呼ぶより、自分で治療した方が早い。

タクシーを呼ぼうとして、ふと手元にあるキーホルダーに気がつく。地下室の鍵とともに、ぶらさがっているもの——車のスマートキーだ。そうだ、僕は車で運ばれて来たんじゃないか。

車を捜す。監禁されていた建物の裏側に回ると駐車場になっていて、何台かとまっていた。キーを押すと、黒のワゴン車のヘッドライトが明滅した。シートに体を沈め、エンジンをスタートさせてガンガンに暖房をかけると、どっと疲れがおそってきた。このまま眠ってしまいたいくらいだったが、舞衣子の無事な姿を早く見たい。僕は眠気を必死に堪えながら、静まり返った町を走り出した。

マンション隣のコインパーキングに停め、這い出すように車から降りた。ゴミ置き場の脇を通る。ここで襲われたのだ——一連の出来事が信じられなかった。

裏口から入り、エレベーターに乗る。こんなに恐ろしい格好を見られたらと心配したが、早朝の時間帯なので誰ともすれ違わなかった。

エレベーターが到着すると、ドアが開くのももどかしく飛び出して、すぐに部屋の鍵を開けた。舞衣子の、盛大な鳴き声が聞こえてくる。その瞬間、涙腺が緩んだ。

「舞衣子、舞衣子」

泣きながらズックを脱ぎ捨て、中に入る。ベビーベッドの中でつかまり立ちをし、舞衣子が泣きわめいていた。

「よかった、よかった、無事で」

汚れた手だが構わず、抱き上げる。舞衣子がしがみついてきて、それがまた切なくて、涙が出た。

「ごめんな、ひとりにして。おむつがパンパンだな。お腹もすいただろう？　ちょっと待ってて」

舞衣子をベッドに戻そうとしたが、首にしがみついて離れない。

「うんうん、寂しいな。でもごめん、パパ、まず手を洗わないと」

可愛らしい両手を首から引きはがし、ベッドに戻した。泣き声を背にして洗面所へ行き、まず手を洗う。こびりついた血や汚れがまっくろい水となって流れていく。石鹼が全く泡立たず、何度も洗わなくてはならなかった。

とりあえずはミルクだ。台所に行き、哺乳瓶に粉を入れ、電気ポットの湯で、ミルクを作る。流水で適温まで下げ、ベビーベッドに持って行った。柵につかまって泣いていた舞衣子が、哺乳瓶を見たとたん手を伸ばす。持たせてやると、座って自分で飲み始めた。

「そうだよなあ、喉は渇くし腹は減るしなあ。よく我慢してた。えらいえらい」

頭を撫でる。

おむつがものすごく膨らんでいるが、鼻を近づけると臭いはしなかった。おむつ替えは後にするとして、今は傷の処置をしよう。

自分の部屋へ行き、消毒液と滅菌された外科用の針と糸を出す。椅子に座って腹をまくると、ぬらぬらした傷が現れた。しかし最初に強く圧迫したおかげか、流血はほとんどなくなっている。

さすがに麻酔はないので、そのまま縫うしかない。洗面器で受けながら、消毒液で洗い流す。砂やゴミと一緒に、血が流れ落ちた。手指を消毒し、針に糸を通す。それからピンセットで、ひと針ひと針、縫っていった。痛みを覚悟していたが、あのような経験をした後では、大したことには感じられなかった。

最後にもう一度消毒してから、滅菌パッド付きの防水テープを貼る。傷をふさぐと、ほっとした。

熱いシャワーを頭から浴びると、生き返った気がした。そうだ、僕は本当に生き返った。死の淵にいたのに、生きてこの家に帰ってこられたのだ。

清潔な部屋着に着替えると、舞衣子のもとに戻った。ミルクを飲み終わって満足したのか、眠っている。起こさないようにおむつを替えてやった。赤ん坊特有の薄い頰の皮膚が、真っ赤な涙荒れを起こしていた。

「ごめんなぁ」

小声でつぶやき、そっと頰を撫でた。ブランケットをかけてやる。呼吸のたびに、ふわふわしたうさぎの模様がゆっくりと上下する。それがとても平和で、愛おしくて、しばらく見つめていた。

舞衣子のことが落ち着くと、やっと空腹であることに気がつく。スロークッカーからは良い匂いがしている。蓋を開けてみると、おいしそうなシチューが煮込まれていた。僕が拉致され、監禁され、瀕死の状態になっていた間にも、このクッカーはことことことシチューを煮込んでいた。この家にはずっと、平和な時間が流れていたんだ。

シチューを食べ、コーヒーを飲むと、落ち着いた。休みたいが、まだまだすることは残っている。玄関からリビングまで、泥と血のあとが続いていた。ズックは汚れた服と一緒にゴミ袋に入れ、玄関も廊下もリビングも、きれいに拭き上げる。

だいたい片づいたところで、舞衣子がぐずりだした。

「マンマするか？」

片手で抱っこしながらキッチンへ行き、舞衣子専用のメラミンボウルにシチューをよそう。ダイニングにある子供用の椅子に座らせ、ふうふう冷ましてスプーンを口に運んでやると、小さな唇が吸いついた。満足げに口をすぼめる。

「うまいだろ？　パパ頑張ったんだぞ」

もうひと口、さらにもうひと口、と催促される。食べてくれるのが嬉しくてどんどん口に運んでいたら、いきなり嘔吐した。

「わわわ」

ボウルとスプーンをテーブルに置き、顔と手を拭いて汚れた服を脱がせる。ソファへ移動し、とりあえず長袖の肌着とレギンスを穿かせ、洗濯済みの服を探す。普段着を入れてある衣装ケースを漁りながら、ふと気がついた。

普段着なんか着せてる場合じゃないぞ。クリスマスじゃないか。

確かよそ行きの赤いベロアのワンピースがあったはずだ。チェストの引き出しを開け、あちこち捜す。

「あった！　あったよ舞衣子」

ワンピースを着せてやると、心なしかご機嫌になった気がした。あまりの愛らしさに、頬がゆるむ。

「可愛い可愛い。ママにそっくりだよ」

あまりの幸せに、胸がつまりそうになる。

今ここにこうしていられるのが信じられなかった。二度と思い出したくも経験したくもないが、昨日の夜はもしかしたら、奇蹟の夜だったんじゃないか。もう愛情を感じることもなくなっていた由紀恵の大切さが身に沁み、舞衣子と三人でやり直す——いや生き直す決心ができた。

僕は生まれ変わったんだ。そう、クリスマスの奇蹟——家族の再出発という、最高の贈り物。

「忘れてた。片づけなくちゃ。アニメでも観ておいてな」

幸せに浸る暇もない。まだシチューでぐちゃぐちゃのテーブルや椅子、床を拭かなければ。あと三十分ほどで由紀恵も帰ってくる。忙しく手を動かしながら、この慌ただしさもまた幸せだと噛みしめ、ほっこりとする。

舞衣子がテレビを観ているうちに、テーブルセッティングをする。引き出物でもらったティファニーのシチュー皿や、クリストフルのフォークとスプーン。クリスマス柄のテーブルクロスやキャンドルもあればよかったなあ。クリスマスが終わったら、来年用にセールで買っておこうか。ああ、花も用意しておけばよかった。

今日のために張り切っていたわりには、なんだかしまらない。だけど、来年があるさ。生きてさえいれば、いくらでもやり直しできるんだから。

「とにかく重要なのは、料理だよ」

ひとりごちながら付け合わせのラタトゥイユを冷蔵庫から取り出し、味見をする。悪くない。サーモンのマリネも、ばっちりだ。あとはサラダを作るだけ。僕はレタスを手でちぎり始める。

僕がこんなに用意をしていたのを見たら、由紀恵は驚くだろうな。

大きな目を見開く由紀恵を想像し、くすっと笑った。

「今まで悪かった。心を入れ替えたよ。これからあらためて、舞衣子と三人で生きていかないか」

言い回しを練習してみる。ダサいだろうか。

「僕が悪かった。またやり直したい。どんなことでもする。今度こそ、幸せにするから」

これもダサいな。

きっと由紀恵はいぶかしがるだろう。だけど今夜僕に起こった出来事を話せば、理解してくれるはずだ。

アニメに飽きたのか、舞衣子がまたぐずりだす。抱っこしてあやすが泣き止まない。仕方がないので、ベビーキャリアで背負ってサラダの続きを作る。

「もうすぐママ帰ってくるからなー」

レタスをちぎり終えたら、ベビーリーフをさっと洗い、散らす。赤と黄色のミニトマトに、アンチョビとオリーブを交ぜた。

鍵のあく音がして、ドアが開いた。

「ただいまー」

「おかえりー。お疲れ様」

出迎えたいが、手がアンチョビのオイルでべとべとだった。

「よかったな、舞衣子。ママ帰ってきたぞ」

　施錠しU字ロックをかける音に続いて、靴を脱ぐ音が聞こえる。

「あーお腹すいた。いい匂い」

　洗面所で手を洗う音。

　オリーブオイルとバルサミコ酢、醤油を混ぜ、最後に回しかける。これでできあがりだ。

「ねえねえ、うち、大きめの花瓶あったよね？　なんと、師長からクリスマスブーケをいただいたの。信じられる？　しかも手作りだよ」

　水音に負けじと、由紀恵が声を張り上げる。

「へえ、あの師長が？　優しいところあるじゃないか。大きめの花瓶なら寝室のクロゼットの上にしまってなかったっけ。中くらいのなら、テレビ台の下に入れっぱなしだけど、どれくらいの大きさなの？」

「今日お見送りもあって、大変だったんだよね」

　僕の声は水音にかき消されて、聞こえていないようだった。まあいい。あとで花瓶は僕が出してあげよう。

　水道の音が止まる。ちょうど料理も完成した。サラダとラタトゥイユとサーモンのマリネも配膳完了だ。あとはあつあつのシチューを盛り付けるだけ。

「本当にいい匂い。シチューと何を作ってくれたの？」

由紀恵がダイニングに足を踏み入れる。シチューをよそっていた僕が振り向くと、由紀恵は大きな目を見開き、まったく僕が予想した通りの表情になった。

「退職おめでとう。今までお疲れ様。メリークリスマス！」

せいいっぱいの笑顔を浮かべる。

しかし由紀恵は、耳をつんざくほどの高い悲鳴をあげた。

「博信《ひろのぶ》!?　どうしてあんたがここにいるのよ！」

6

「どうしたんだよ、由紀恵。早く座りなよ。シチュー、美味《おい》しそうにできただろ？　ちょっと、いや、かなりの自信作だよ」

博信は、にこにこしてシチューを盛り付けた皿をテーブルに置く。ざっと見ただけでテーブルにはサラダやラタトゥイユらしきものまで並べられている。

久しぶりに会う元夫は、まるでこの家にいるのが当然であるかのように——いや、この家の主《あるじ》であるかのように振る舞っている。それだけでも恐ろしいのに、顔の半分は赤黒く腫れた上からガーゼや絆創膏で覆われており、首や手など見えるところのあちこちに傷や内出血がある。

雅之はどこにいるのだろう。気配がしない。そもそも雅之がいれば、この男がこんなふうに居座っていないはずだ。

いったいどこから入ってきたのか。このマンションはセキュリティがしっかりしているはずなのに。共同エントランスだけでなくエレベーターに乗るにも鍵が要る。誰かにくっついて突破できたとしても、来訪者は訪問先によって許可された階でしか降りられない。偶然この階の住人が同乗していたとしても、この家にはどうやって？　まさか鍵をかけ忘れていた？

それとも――

わたしの喉がごくりと鳴る。

押し入ろうとして雅之と格闘になったのでは？　この怪我だ、かなりもみ合ったのかもしれない。そして今、雅之がここにおらず、この男がここにいるということは――

「雅之は……雅之はどこなの？」

「冷めちゃうよ。あつあつのうちに食べてほしいな。舞衣子も、おいしいおいしいって喜んでくれたんだから。な？」

質問が聞こえなかったのか、あえて無視したのか――博信は答えず、おぶった舞衣子に語りかけた。舞衣子はきゃっきゃと声をあげご機嫌だ。そうだ、舞衣子を人質に取られている。ここは冷静にならなければいけない。

まずは状況を把握するのだ。博信はなぜここにいるのか。何をしに来たのか。なぜ大怪我をしているのか。そして——雅之は無事なのか。

「おんぶしながらのお料理は大変でしょう？　舞衣子、預かるね」

博信の背に手を伸ばすと、彼はくるりと体を翻した。

「大丈夫だよ。もう終わったし」

にっこりと笑う。怪我のせいで歪んで見えるが、優しい笑顔だ。そうだ。結婚したばかりの時も、こういう顔をしていた。だけど舞衣子が生まれてからお互いに余裕がなくなって、傷つけ合って、ののしり合って——だから最後の方は、博信の怒っていた顔しか思い出せない。

「でも、重いでしょう?」

「ずっと背負いながら料理してたけど、全然問題なかったし」

ずっと……?

すうっと背筋が寒くなる。けれども舞衣子は博信の背中できゃっきゃとご機嫌でいる。

博信がこの家で当たり前のように料理をしていたという奇妙さ。そして傷だらけの顔。その中で、食卓だけが平和だ。

わたしはキッチン、ダイニング、リビング、そして続きの和室をぐるりと見まわした。やはり雅之の気配はない。嫌な汗が腋の下を伝う。

「さあ、これでオッケー」

博信は浮かれた調子でスプーンやフォークをセッティングしている。

「ねえ……どうしてここにいるの？」

思い切って切り出した。

「どうしてって……決まってるだろ。お祝いだよ」

「お祝い？」

「クリスマスだろ。それと退職の」

「どうしてわたしが退職したって知ってるの」

「舞衣子の父親として、母親のことを把握するのは当然だろう？」

「だけど……」

「節目だからさ。ちゃんと家族で祝わないと」

「――家族？」

「そう。僕と由紀恵と舞衣子の三人でさ」

「だけどわたしたちはもう……」

「大丈夫。やり直せるよ」

やり直せる？　この人、何を言ってるんだろう。あれだけわたしのことを非難しておいて。

自分勝手なところは相変わらずだ。

わたしだって完璧なんかじゃなかった。だけど人格を否定するような言動を何度もされた。

育児を人並みにできないのはわたしが至らないせいだと責められ、「わたしだって働いている。

育児はあなたの仕事でもある」と言い返せば、「看護師ごときが偉そうに」と怒鳴られた。耐え切れなくなって声を聞くのも厭になり、逃げるようにして別れた。そして博信は、そんなわたしが悪いのだと、全部悪いのだと言い切った。

　それをやり直すだなんて。どの口が言うのか。

「そうだ。せっかくだから師長にもらった花を飾ろうか。どこに置いた？　玄関？」

　答えも聞かず博信は廊下に出て、「あれーないよ？」と捜しているのが聞こえる。わたしは急いでバッグからスマートフォンを取り出した。一一〇番にかけようとして、躊躇する。

　舞衣子の父親を通報するの？　まだ何があったかわからないのに。

　夫としても父親としても問題の多い人だった。だけど悪人ではない。雅之のことを傷つけてはいないはずだ。わたしはダイヤルせずにスマートフォンを戻そうとし——息を呑む。電波のアンテナが立っていない。どうして？

「なんだ、洗面所のバケツに入れてたんだね」

　足音がこちらに戻ってくる。わたしは慌ててスマートフォンを戻した。

「これくらいだったら、こっちの花瓶のサイズがいいかな」

　博信は言いながら、テレビ台の観音開きの物入れから花瓶を取り出す。わたしでさえ忘れていた場所。博信はブーケと花瓶を抱えてキッチンへ行くと、水を入れて花を活けた。

「良い香りがするね。きれいなブーケだ。あの師長がくれるなんて、よっぽど君のことを気に入ってるんだよ」

どうして花瓶の場所を知っているの？　今の職場の師長のことを知っているの？　凍りついているわたしに構わず、博信は花瓶をテーブルの中央に置いた。

「あとは……そうだ！　僕は馬鹿だなあ。肝心なものを忘れてたよ」

芝居がかったように両手を打つと、博信はいそいそと食器棚の前へ行った。

「うーん……いまいちなのしか揃ってないなあ。まあ今日のところはこれでいいか。近々、ちゃんとしたのを買ってあげるよ」

言いながら、ワイングラスを二脚、出してきた。

「バカラとかどうかな。ああ、ダメか。こいつがいるもんなあ」

嬉しそうに、背後の舞衣子に顔を向ける。

「絶対にグラス、倒されるよね。おちおち飲んでられないよ。高いグラスはしばらくお預けだ。な？」

急に笑いかけられ、ぎくりとする。反応できずに固まっているわたしの前を通り、博信は冷蔵庫を開けた。

「冷やしといたんだ。ドンペリだとベタすぎるかなあと思って、サロンっていうシャンパンにした。シャンパンだよ？　スパークリングじゃないからね？　僕も詳しい方じゃないけど、試飲させてもらったら美味しかった。ほら、駅に行く途中に酒屋さんがあるだろ？　あそこで買ったんだ。さあさあ、注ぐから座ってくれないと。乾杯しようよ」

「酒屋さんって、花屋の向かいの？」

「そう」

「ずいぶんこの辺りのことに詳しいのね」

　悪い人ではないと思っていた。だけど——何かが決定的におかしい。何かが。

　博信はボトルのキャップシールをはがし、上からキッチンクロスをかけ、手際よくコルクを抜く。ポン、という軽快な音がした。

「あー、その目は、しょっちゅう買って飲んでるんだろうって疑ってるね。買ったときに、開け方のレクチャーもしてもらったの。こういうのプレステージシャンパンっていうんだって。そんじょそこらのじゃないってことかなあ。今日は奮発しちゃった。あ、値段は聞かないで。だけどたまにはいいだろう？　お互い、舞衣子が生まれてからは余裕もなかったし」

　妙なハイテンションでしゃべり続けながら、博信が金色の泡をまとった液体をグラスに注ぐ。

「舞衣子、君にはまだシャンパンは早いから、りんごジュースで我慢してくれ。パパが自分ですりおろして、ガーゼでこしたんだ。おいちいよー」

　熊のロゴが入ったお気に入りのストローマグを渡されると、舞衣子は夢中で口をつけている。

そんな舞衣子の髪を愛おしげに撫でた。

「二十歳《はたち》になってからシャンパンで乾杯しようなーーって、それはそれでなんだか寂しいなあ。

舞衣子も大きくなっちゃうんだよなあ」

涙ぐんでいる。この男が舞衣子の成長を見届ける気でいることに、また背筋が寒くなった。

「さあ、泡が飛んじゃうよ。早く座って」

舞衣子を取られている限り、座るしか選択肢はなさそうだ。わたしは警戒しながら、博信から一番離れた席に着く。

「あ、そこがいい？」

しかし彼は料理をわたしの前に並べ直し、自分は隣に座った。ぞわりと鳥肌がたつ。

「クリスマスらしい音楽もなくちゃね。ちゃんとＣＤもセットしてあるんだ」

カウンターの隅に置いてあるプレイヤーのボタンを押すと、ジャズっぽいピアノのクリスマス音楽が流れてきた。

わたしは目を見開く。プレイヤーの隣にあったはずの固定電話がなくなっていた。

「うん、クリスマスらしくなったね。はいグラス持って。かんぱーい」

わたしにグラスを持たせると、はしゃいだように博信は自分のグラスをぶつけてきた。わたしはもちろん口などつけず、シャンパンを飲む博信をただ茫然と見る。

悪人ではない、危害など加えないはず——そう自分に言い聞かせてきたが、この男は危険かもしれない。

「あ」

急に博信が顔をしかめた。わたしは身構える。

「痛《いた》たた……傷に沁みる。せっかくのシャンパンなのに」

痛みを逃すようにふうふう息を吐きながら、両頰をさすっている。聞き出すチャンスだ、とわたしは身を乗り出した。

「大丈夫？　あちこち怪我をしてるみたいだけど、いったい何があったの？　顔も腫れてるし、耳もじゅくじゅくした傷で覆われてるし、首にもすごいアザ。手も傷だらけじゃない」

できるだけ不自然にならないように聞いてみた。

「うん、それなんだけどね、ちゃんと話そうと思ってた——って、食べながらにしよう。冷めちゃうよ」

また笑顔だった。さっきは優しそうだと思ったが、なんだか目の焦点が合っていない。わたしは震える指でスプーンを取り、シチューをすすった。味などしなかった。熱いのか冷たいのかすらもわからなかった。

「実はね——やっつけたんだ」

博信が神妙に、しかしどこか得意げに鼻をうごめかせながら言う。視界がぐらりと揺れた。

やっつけた——雅之を？

「驚かないでほしいんだけど、多分……いや絶対に死んだと思う」

ひっ、と喉の奥で悲鳴が漏れた。もう取り繕ってシチューなど食べているどころじゃない。

わたしはスプーンをテーブルに置いた。ヒステリックな高い音がした。

「ごめん、びっくりするよな？　だけど由紀恵は堂々と喜んでもいいと思うよ。罪悪感なんて感じる必要はない。死んで当然の人間だった。僕たち医療従事者にあるまじき言い方だと思うけど、言い切れるよ。僕は殺したことを後悔してない」

「なっ……なっ……なんてことするのよ‼」

息ができない。心臓が内側から胸を激しく叩いている。悲しみと恐怖が一気に襲って、涙があふれてきた。

「大丈夫、大丈夫だから」

博信がわたしの手を握る。反射的に振り払った。けれども博信は訳知り顔で頷く。

「由紀恵は優しいね。柿沼のことも心配できるような女性なんだ」

――柿沼？　どうしてここで柿沼が出てくるのだ？

混乱しながらも、死んだというのが雅之ではなさそうであることに安堵する。やっと普通に呼吸ができるようになり、涙をぬぐった。しかし事情がわかるまでは、油断できない。

「僕だって殺したくて殺したわけじゃない。こうなったのには理由があるんだ。あいつ、僕を車で拉致したんだよ。頭に袋をかぶせられて、廃ビルの地下で監禁された。殴る蹴るの暴行を受けて、ナイフで殺されそうになった。殺すか、殺されるかしかなかったんだよ」

意味がわからない。そもそも、どうして柿沼が博信を拉致監禁するのだ？　何のために？

それに、柿沼は長い間姿を見せていなかったのに。

「――ごめんな。心のどこかで由紀恵は喜んでくれると思ってた。もうあんな奴につきまとわれなくていいって。だけど君はそんな女じゃないよね。シチューでも食べながら話せることだと思った僕が浅はかだった」

そもそも、博信は柿沼のことなんて知らないはずなのだ。柿沼とのトラブルは、博信と別れてからずっと後に起こったことだ。それなのに、なぜつきまとわれていたことを知っているのだろう。

「正直、僕にとっては本当に乾杯するくらいの嬉しい出来事なんだけどね。生きて帰れたことが――ここに今、君や舞衣子と座っていることが奇蹟だから。想像もできないかもしれないけど、大げさじゃなくて、僕は死を覚悟したんだ。二度とあの地下室から、生きては出られないってね。だけどその時思い出したのは君や舞衣子との楽しかった思い出ばかりでね……いや、違うな。君と大喧嘩したこととか育児で悩んでいたこととか、苦しかったこともたくさん思い出した。だけどなんていうか、全てが素晴らしい思い出だったって気づかされたんだ。無事に帰ってこれたことや、そういう気づきがあったこと、全て含めて奇蹟で……生まれ変われた気がするんだ」

博信が言葉を詰まらせ、涙ぐんでいる。生まれ変わった気がするって何？　どうしてひとりで感極まってるの？　わたしはただ混乱していた。だけど頭の片隅で、警告を知らせる赤いランプがずっと点滅し続けている。

凍りついているわたしに、博信は寂しそうに微笑みかけると、

「どれだけ言葉を尽くしても、僕がどれだけ凄惨な体験をしたか理解してもらえないだろうね。僕もこんな平和な場所でこうして君といると、幻だったんじゃないかとさえ思いそうになる。だけど——ほら」

とシャツの裾をめくり、ガーゼをはがした。固まりかけた血液がガーゼにひっつき、皮膚を引っ張る。脇腹になまなましい、赤黒い傷が現れた。

「あいつ、本当は心臓を狙ってきたんだ。ナイフは心臓に命中するはずだった。身をかわさなかったら、僕は死んでいたんだ。一瞬の差だったんだよ。医者を何年もやっていて、たくさんの患者の最期を看取ってきたのに、あんなに死を身近に感じたことはない」

柿沼が博信を殺そうとしたのは本当らしい。だけど、だけど。

「か、柿沼が、どうしてあなたを……？」

「君と新しい生活を始めるんだって言ってた。だから僕が邪魔だったんだって。君とは言葉じゃなくて、心で会話ができるんだってさ。異常だよ。あんな奴から君を守ることができて本当に良かった」

「でも……どうして博信なの？」

「あいつは、近くにいる僕が許せなかったんだよ」

「近くって……一体どこで拉致されたの？」

「ここのゴミ捨て場辺りだよ。あいつ、待ち構えていやがった」

　マンションのゴミ捨て場？

　そこに柿沼がいたという不自然さよりも、博信がいたということに背筋が寒くなる。それに、拉致監禁されて、闘って、帰ってきたというからには、何時間もたっているはずだ。ということは、かなり前からこの付近にいたことになる。いったい何時ごろから？　もしかして――わたしが出勤してすぐに？

「あなた、そんなところで何をしてたの？」

「決まってるじゃないか。ゴミ出しだよ」

「ゴミ出し……って」

「溜まってたから。チラシとかＤＭとか生ゴミとか。ああおむつも。ちゃんと分別をしておいたからね」

　やっぱりうちのゴミを？　頭がくらくらする。

「話がそれちゃったね。ゴミを出して部屋に戻ろうと思ったところで殴られて、頭に袋をかぶせられたんだ。信じられないだろう？」

「ちょっと待って。どうして柿沼があなたの顔を知ってたの？」

「前にドローンを飛ばして、この部屋で僕が舞衣子を抱っこしてる様子を盗撮したんだって。

気持ち悪いよな」

博信が吐き捨てる。ありえない。今日だけでなく、前にもこの部屋で博信が舞衣子を抱っこしていたことがあるってこと？　頭が真っ白になわたしを置きざりにして、博信はどんどん話を続ける。

「ゴミ出しのとき、舞衣子を連れて行こうか迷ったんだけど、連れて行かなくて本当に良かったと思ったよ。もちろん長い時間ひとりっていうのも、ものすごく心配だった。喘息のこともあるし今夜は寒いし……ごめんな、怒ってる？」

「ひとり……その間、舞衣子はひとりだったの？」

「ああ。申し訳なかった」

博信はテーブルに手をついて頭を下げた。

この男がゴミを出しに行ったときには、すでに雅之はいなかったということになる。どうして？　どこにいたの？　どこに行ったの？　どこにいるの？　――ハッと思い至った。

「わたし、電話をかけたわよね。出たのは、あなただったの？」

「そう、そうなんだよ」

博信が辛そうな顔をして、大きく頷く。

「何度もメールとかラインとか電話とかくれてたよね？　スマホはもちろん取り上げられてたから、何もできなかった。だけどあのときだけ、たまたま柿沼が、君が早退して帰ってくるっていうメッセージを見て、僕が電話に出ることを許してくれたんだ」

「だけどあのスマホは……雅之のでしょう？」

「そうだよ」悪びれもなく言う。「ゴミ出しの時、自分のスマホは置いていったんだけど、由紀恵との連絡は途切れちゃいけないと思って、あいつのスマホはちゃんと持って出たんだ。電話の時、僕だと気づいてほしくて、必死にサインを送ってたんだよ。気がつかなかった？」

　別のことにも気がついて、ハッと息を呑む。テーブルに並ぶ、このメニューは……

「わたしとラインでシチューのやりとりをしていたのも……あなたなのね？」

「そうだよ。労いたい一心でさ」

　あれは八時頃。その時、すでに雅之のスマホはこの男の手にあったのか。やはりわたしが出勤して間もなく、この男は乗り込んできたのだ。おそらくわたしがうっかり鍵をかけ忘れたのだ。そして雅之は……雅之は……

　なんとなく、クレゾールのにおいがする。病院で大量の血液を拭いたあとのようなにおいだ。血液……体が震える。動揺を隠そうとしているのに涙が止まらない。

　この人は、わたしの知っている博信ではない。舞衣子、そして理想の家族像に妄執している心の壊れた人だ。

「ごめん。こんなに泣かせるつもりじゃなかったのに」

　博信が目を伏せた。

「シチューも冷めちゃったね。シャンパンも泡が消えてきた。両方入れ直そうか？　その間、ラタトゥイユでも食べておいてよ」

　とにかくここから脱出しなければ。舞衣子を無事に取り戻さなければ——今、わたしの頭は、そのことだけでいっぱいだった。

「……そうね、いただこうかな」

「ほんとう⁉　よかった。すぐ用意するね」

　博信が張り切って立ち上がる。

「その間、わたしが舞衣子を抱っこしておくね」

「え、でも……」

　博信は躊躇したが、わたしが両手を伸ばすと、舞衣子は嬉しそうにこちらに体を傾けてくる。もう一押しだ。

「帰って来てから、一度も抱っこしてないのよ？　ハグしたい」

「だけどいつも仕事あがりは、シャワーで清潔にしてからじゃないといやだって言うじゃないか。どんな菌がついてるかわからないから、指一本触れるのも心配だって」

　そう。確かに言っている。だけど博信はそれを知らないはずだ。博信と別れたのは、まだ育休中で復帰する前だった。仕事帰りのわたしが舞衣子に対して神経質になっていたことまで、どうして知っているの？

いや、これだけじゃない。さっきから会話に違和感がある。博信が知らないこと、しかも探偵などを使っても浮かび上がってこないような些末なことを、よく知っている。いったい誰から聞いたの？

「でも……手は洗ったもの。それに、どうしても抱っこしたい。せっかくのクリスマスだし」

とにかく舞衣子を自分の胸に取りかえさなければ。わたしは必死で言葉を継いだ。

「うーん、そう？　それじゃあ」

ついに博信がベビーキャリアをゆるめた。わたしはすかさず舞衣子を抱き上げると、玄関へ向かって走った。

「おい！　由紀恵‼」

追いかけてくる声から逃れるように、ドアを出た。エレベーターを押す。一階のランプがともり、ゆっくりと上がってきた。一台しかないのがもどかしい。

「由紀恵、ちょっと待ってくれよ」

玄関のドアが開き、博信がエレベーターの前まで出てきた。逃げるところがない。わたしは舞衣子をかばうように抱き、隅で縮こまった。

「ごめんね、由紀恵。いっぺんに色々なことを話したから、混乱させちゃったかな。外で頭冷やしたい？」

博信はちらりとエレベーターの階数表示を見る。まだ三階であることを確かめると、「僕も行くよ。ちょっと待ってて。鍵を取ってくる」と中へ戻っていった。

エレベーターはやっと五階だ。逃げるなら今しかないのに。そうだ、隣の人に警察を呼んでもらおう。わたしは急いで隣戸の玄関先に行き、インターホンを押した。

「開けてください。隣の者です。お願いします！」

必死でドアを叩く。エレベーターが先か、隣人が先か。どちらでもよかった。

どうしたの？　ちょっと待って。

中から声が聞こえる。男性だ。心強い。

ガチャッと鍵を回す音が聞こえ、ドアが開いた。

「ありがとうございます。あの――」

舞衣子を胸に抱き、その部屋に飛び込もうとして――わたしは悲鳴をあげた。

「鍵を取りに来たら、こっちからインターホンが聞こえるからびっくりしたよ」

そこには博信が立っていた。どうして？　わたし、間違えて自分の家をノックしてた？　パニックになりながら周囲を見回すが、間違っていない。さっき、確かに博信はわたしの家に入っていった。それなのに、どうして？　しかも隣の家に。

腕を摑まれた。振り切ろうと片手を離したら、そのすきに舞衣子を取り上げられた。

「危ない、舞衣子が落ちそうだったよ。もう外はやめとく？　まあ寒いしね。とりあえず入りなよ」

舞衣子を抱きながら、博信が微笑んだ。手から手へと抱っこされる相手が移るのが楽しいのか、舞衣子は可愛らしい笑い声をあげ、博信の首にしがみついている。

舞衣子を奪われては終わりだ。わたしは中へ入った。背後でドアが閉まり、エレベーターがチーンと鳴るのがかすかに聞こえた。


冷え切った部屋だった。廊下はまっすぐリビングダイニングにつながっており、廊下の両脇に閉じられたドアが二つあった。間取りは少し違うが、我が家と同じ２ＬＤＫなのか。

「さあ、あがって」

博信のあとをついて、廊下を進む。カーテンが半分閉じられたリビングダイニングは薄暗く、殺風景だった。テレビもない。冷蔵庫も小さい。テーブルセットは小さな二人用のものだ。そのテーブルの上に、血のついたガーゼやピンセット、ハサミ、縫合用の糸などが出しっぱなしになっている。

博信は隣に住んでいたの？

いったいいつから？

めまいがしそうだ。

「ねえ、いつからこの部屋に――」

博信はわたしを無視して、さらにリビングを突っ切ってベランダに出る。舞衣子が大きなくしゃみをした。そういえば薄着だ。

「舞衣子に羽織るものを――」

「うん、わかってる。僕もそう思ってた」

「じゃあどうしてベランダなんかに出る……の？」

追ってベランダへ出たわたしは、信じられないものを目にした。部屋を隔てる避難用の仕切り板が、きれいに取り外されている。博信は当たり前のように、そこから我が家のベランダへと入っていった。

ショックで息が止まりそうだった。いったい、いつから博信はこんなふうに我が家に出入りしていたのだろう。十五階建ての十二階。ベランダの掃き出し窓の戸締まりは、ついつい甘くなっていた。そんな自分の油断を呪った。

衝撃に打ちのめされていたが、とにかく舞衣子を取り戻すまではと、心を奮い立たせる。これ以上の恐怖も驚きもあるはずがない。わたしはふらつく足どりでベランダの境目を越えようとして――窓越しに目に入った博信の洋室の様子に、これまで以上に大きな悲鳴をあげた。

その部屋には大きなモニターがあり、分割された画面に我が家の各部屋が俯瞰で映しだされていた。そのうちのひとつに、舞衣子を抱いた博信の姿が映りこむ。博信がカメラを見上げ、微笑みかけてきた。

――由紀恵、どうしたの？　早く入りなよ。風邪引いちゃうよ。

＊

壁に埋め込んであるカメラマイクに向かって由紀恵に語りかけると、僕は舞衣子の上着を捜した。袖のあるフリースの羽織りにするか。それともスリーパーの方がいいか。幼児は暑がりなので、冬とはいえどこまで厚着をさせて良いか迷うところだ。背後でベランダから由紀恵が戻ってくる気配がした。

「水玉のフリースガウン、どこしまったっけ？　スリーパーと迷ってるんだけど、とりあえずは袖のある方がいいよね？　でもせっかくお洒落させたのにガウンですっぽり隠れちゃうのもなあ……そうだ、先月だっけ、フェイクファーのジャケット買ってたよね。あれならおしゃれだし、薄手だから部屋で着てもＯＫじゃない？」

　続きの和室の押し入れを開け、衣装ケースの中からきちんと折りたたまれたジャケットを取り出し、羽織らせる。

「どうして……」

　由紀恵が言いかけたけど、続きは力なく消えた。どうしてジャケットを買ったことを知ってるの？　どうしてどこにしまってあるか知ってるの？　そう聞こうとしたものの、すでに答えはわかってしまったのだろう。きっと僕の部屋のシステムを見たのだ。あの、僕の誇らしいシステムを。

僕がこのマンションに引っ越してきたのは、半年前。由紀恵がここに住み始めてすぐだ。新築での入居者募集だったので、希望した隣の部屋を借りることができた。

由紀恵が舞衣子をつれて家を出たのが一年前。僕も由紀恵との生活に疲れ切っていたから、離婚に異議はなかった。育児から解放され、軽やかな独身生活に戻れて嬉しいはずだった。それなのにいざ離れてみると、舞衣子のことばかり考えて何も手につかない。赤ん坊の声が聞こえればハッと振り向き、別人であることに失望する。真夜中に起きて、無意識に舞衣子の姿を捜す。あらためて、二度と抱きしめられないことに気がつき、涙を流した。

由紀恵とよりを戻すことは難しい。だからって舞衣子と離れて暮らすなんて間違っている。いつだって僕はそばにいるべきだ。父親として見守るべきだ。僕にはその義務と、権利がある。誰にも奪うことはできないはずだ——そう思い立つと、あらゆる手段を使って二人の暮らすアパートを突き止め、由紀恵の新しい職場も、舞衣子の新しい保育園も把握した。

そのうち由紀恵が放射線技師の男と付き合い始めた。だけどどうでもよかった。すでに由紀恵への愛情は冷めている。

問題は舞衣子だった。舞衣子が僕以外の男を父親だと思うのが耐えられなかった。僕以外の男が父親面するのも吐き気がする。僕以外の男が舞衣子のおむつを替えたり体を洗ったりするのだと思うと、汚らわしかった。

いや——それ以前に、虐待しないと誰が言える？　虐待までいかなくても、ネグレクトだってあり得る。そもそも、舞衣子の世話なんてできるのだろうか？　なにしろ舞衣子は喘息持ちなのだ。

心配で心配で、いたたまれなくなった。特に心配だったのは、由紀恵が夜勤でいないときだ。重篤な発作が起こったとき、あの男は対処できるのか？

だから隣に越してきた。舞衣子を見守るため。そして男を見張るため。

由紀恵が日勤で舞衣子を連れて出て、男も出勤のときを見計らって、コンクリートドリルで自分の部屋と由紀恵のリビングダイニングを隔てる壁に小さな穴をあけた。こちらの天井付近から斜め下に向かってドリルを進めると、由紀恵や男の視線よりかなり上に穴が貫通する。そこに高性能ファイバースコープ——内視鏡で使うような——を通せば、俯瞰する形でリビングダイニングが見渡せる。マイク付きなので音声も驚くほどクリアに聞こえる。

ベランダの仕切り板の固定ネジを外して隣へ行き、窓の戸締まりをしていない日には中へ入り、僕の部屋と隣接していない寝室や廊下にワイヤレスで映像を飛ばせるカメラを仕込んだ。これらは時々取り出して充電しなければならないが、メインのファイバースコープカメラがあれば、簡単に留守の時間を特定でき、その間に充電して再設置もできるので問題はなかった。

合い鍵もすぐに作った。由紀恵が出勤で、男がひとりで間抜けな顔をして家で眠りこけている間に、ベランダから入り、キッチンカウンターに置いてある鍵を失敬し、合鍵屋に持って行った。共同エントランスから入る時やエレベーターに乗り降りする時にも必要な鍵は近づけただけで解錠されるノンタッチキーなので、複製してもらえるかどうか不安だった。けれども二十分ほど、そして八千円程度で作ってもらうことができた。これで留守の時、ベランダが施錠されていても出入りできるようになった。

共用廊下やエレベーターで鉢合わせしないように出掛ける時はモニターで彼らの動向をチェックしてからにし、偶然会ってもわからないように帽子をかぶり伊達《だて》めがねをするなど用心して過ごした。

仕事のない時、僕はいつもモニターの前に座って舞衣子を見ていた。仕事がある時は帰宅してから録画を倍速で見てキャッチアップした。だから僕は舞衣子のことはつぶさに知っている。いつも舞衣子の笑顔にズームインして「おはよう」「ただいま」と声をかけ、食事も合わせて一緒にとり、泣けばモニター越しにあやし、寝顔に「おやすみ」とキスをする。郵便を取りに行く時やゴミ捨ての時など、舞衣子がひとりで置いていかれるわずかなタイミングを逃さずにベランダから隣に行き、抱っこし、頬ずりし、「パパがずっと見てるからね」と言い聞かせた。けれども主な目的は、もちろんあの男が舞衣子を叩いたりしていないか、ちゃんと世話をしているか、しっかり目を光らせることだった。舞衣子に傷をひとつでもつけたら、絶対に許さない。

由紀恵が夜勤の日は、僕は絶対に当直を入れず、ほぼモニターの前から離れずに舞衣子の呼吸を見守った。あの男はひと通り世話をしていたが、やはり僕が満足のいくものではなかった。もっと頻繁におむつのチェックをしろ。離乳食はレトルトを与えるな。食事中、こまめに口を拭いてやらないので舞衣子の口回りが荒れてしまった時は、殴りたくなった。おむつにかぶれたのに、こまめに洗ったり沐浴させたりせずに、ステロイドを塗ってすまそうとした時も。

　しかしそれよりももっと決定的なこと。あいつは夜中、リビングのベビーベッドで舞衣子が苦しそうに咳をしていた時、寝室で眠りこけていたのだ。

　ずっと気配を消して生活してきた。在宅の時に忍びこむことなどしなかった。けれどもその夜、僕はなりふり構わず隣に行った。見つかったっていい。見つかったら、舞衣子に苦しい思いをさせたことを責め、張り飛ばしてやりたいくらいだった。

　保安灯だけの薄明りの下で舞衣子を抱っこし、背中をさすり、ネブライザーで吸入してやった。その機器の管理がずさんだったことも、僕の怒りに触れた。ネブライザーの中には、古い薬液が残ったままになっていて、しかもほこりまで入っていた。

　咳き込む舞衣子の顔は真っ赤で、泣き喚きたくても苦しくて、ただ涙を流していた。どうして舞衣子がこんな目に遭わなくてはならないのだ。可哀そうで、不憫《ふびん》で、僕も涙が出た。

　許せない。

　許さない――

　舞衣子の喘鳴が治まるまで抱っこしながら、僕は決意した。このままでは舞衣子の命にかかわる。舞衣子を守るために、行動を起こすべきだと。

そんな時だったのだ——由紀恵が年内で仕事を辞め、しばらくは育児に専念すると聞こえてきたのは。

それは天からの声に聞こえた。僕たちがやり直せるチャンスではないか？

僕たち家族がバラバラになってしまったのは、育児が大変だったこともあるが、僕も忙しすぎ、そして由紀恵も復帰にむけて準備したくてもままならないというフラストレーションでぶつかり合っていたからだ。

だけど由紀恵がしばらく仕事から離れていいと思っているのならば、心に余裕も生まれるだろう。あの頃は余裕がなくてイライラしていた僕も今は反省しているし、なにより舞衣子をしっかり育てる自信がある。

由紀恵がしばらく仕事から離れるのなら、僕たちが再び家族になるのを阻むものなど、何もない。

もう一度、三人で一緒に暮らすべきなのだ。由紀恵と僕とで、舞衣子を大切に育てるのだ。

だからゆっくり話し合いたかった。退職まではバタバタしているだろうから、最終日を待つことにした。これまでの反省の意を、そして歩み寄りの態度を具体的に示すために、温かい手作り料理で由紀恵を迎えることも決めた。

だけど。

いや、だからこそ。

あの男だけが、邪魔なのだった。

あの男さえいなければ、すぐに僕たちは家族に戻ることができるのに。

だから。

だから僕はあの男を――

「さあ、これでいい」

白いフェイクファーのジャケットを舞衣子に着せる。ベロアのワンピースとよく合って、とても可愛い。少しずれた髪のリボンも直してやる。そしてしっかりと前側にベビーキャリアでくくりつけた。

「さ、仕切り直しだ。あ、音楽が終わっちゃってる」

CDプレイヤーの再生ボタンを押すと、ふたたび最初からピアノのクリスマスミュージックが流れ始めた。

「さあ座って。今度こそシャンパンを飲んでみてよ。シチューは完全に冷めちゃったね。取り換えるから」

舞衣子は僕の首に抱きついたり、シャツの肩の部分をちゅっちゅと吸ったりとご機嫌だ。ジングルベールジングルベールと歌いながら体を左右にゆすると、声をあげて笑った。

由紀恵は疲れた様子で、椅子に座った。早く食べさせて、寝かせてやらなければ。僕はキッチンに立って、スロークッカーからあつあつのシチューを新しい皿に盛る。

「色々驚かせて悪かったね。だけど、これで僕が真剣に由紀恵と舞衣子のことを考えてるってわかってくれただろう？」

新しいシャンパンとシチューを由紀恵と自分の前に置くと、僕は隣に座り、居住まいを正した。

「あの頃、僕は本当に未熟者だった。反省してるし、心を入れ替えて努力するつもりです。改めてよろしくお願いします。ではグラスを持って。今日からの三人の新生活に、乾杯！」

グラスを合わせると澄んだ音がした。ちょうどタイミングがピアノ演奏と合っていて、嬉しくなる。傷に沁みるとわかっていながらも、数口すすってしまった。やはり激痛が走るが、今日は特別な日なのだから、これくらい我慢できる。

「今日からの……」

由紀恵がぽつりと言った。

「ん？」

「今日からの三人の新生活って……いったい何なの？」

「何なのって、そのままだよ。僕と、由紀恵と、舞衣子の三人で再開する新しい生活」

「どうして博信なの。だってわたしは、ま、雅之と——」

「これからの人生の話に、あの男の名前なんか出してほしくないな」

せっかくの乾杯に水を差された気がして、僕は悲しくなる。

「由紀恵だって、あいつのこと愛してないだろ？　邪魔だったんだろ？」

「そんなはずないじゃない。どうしてそんなこと言うのよ」

「だってセックスレスだったじゃないか」

　由紀恵が目を見開き、口をパクパクさせた。

　ちょっぴり由紀恵が哀れになる。由紀恵は昔から、自分の感情に鈍いところがあった。僕に不満を抱えていたのに、自分が悪いのではないかと責めてしまっていた。怒っていいのかわからず、ギリギリまで我慢していた。最後には大爆発をして別れることになったのだが、それまでに僕が早く気づいてあげていればよかったのにと後悔している。そんな由紀恵だから、あの男に不満がたくさんあっても、躊躇《ためら》っているのだろう。我慢などしなくてもいいのだと、僕が導いてやらなくては。

「心配しなくていいよ。僕は由紀恵の味方なんだから」

　僕はそっと由紀恵の手に、自分の手を重ねた。

「僕には本音を隠さなくてもいい。由紀恵のことは何でもわかってるつもりだ。それに君は知らなかったかもしれないけど、あいつは舞衣子の世話も雑でね。一刻も早く引き離さないと、大げさでなく命の危険だってあるよ。だけど大丈夫、あいつのことは僕がちゃんと片づけるから」

「片づける……？」

由紀恵の目がきらりと光った気がした。僕は安心させるように微笑む。

「そう。本当は、もうとっくに片付いてるはずだったんだけど、ごめんね。柿沼に連れていかれさえしなければ、今頃終わってたんだけど」

由紀恵はじっと僕を見つめ、静かに聞き入ってくれている。僕の頭はますます冴え、口も滑らかになる。

「でも先に柿沼を始末したことで、気持ちに弾みがついたかもしれない。僕だって殺人鬼じゃないからね。殺すつもりでやって来たものの、いざとなると勇気が必要で、躊躇してしまった。だけど今は違うよ。舞衣子を大切にしてくれない奴、そして僕たちの幸せを阻む奴は殺すべきだとわかったんだ――迷わずにね」

由紀恵の目をまっすぐ見据えて言い切ると、由紀恵はゆっくり頷いた。ああ、やっぱり僕らは同じ気持ちなのだ。嬉しくて、涙が出そうになった。

「あなたの言うこと、とってもよくわかったわ」

由紀恵の声は震えていた。

「本当かい？　よかった、これがベストな選択だって、やっと理解してくれたんだね」

「それで……まだ雅之は生きているってことなのよね？　殺していないのね？」

「ああ。ごめんよ」

「謝らないでいいわ。ちょっと見ておきたいな。どこにいるの？」

由紀恵がぐるりと辺りを見回す。

「あんなのを見たら、食欲がなくなっちゃうよ。由紀恵にはシチューをたくさん食べてもらわないと」

「そうよね」由紀恵は微笑んだ。「いただきます。いい匂い」

由紀恵はシチューをすすり、「美味しい」と言った。嬉しくなって、ラタトゥイユやサラダも取り分けてやる。

「夜勤明けだもん、たくさんは食べられない。少しでいいわ」

由紀恵はにこにこしながら、口に入れていく。

「本当にどれも美味しい。手が込んでる。すごく頑張ってくれたのね」

「お、わかる？」

「ちゃんとわかる」

うまそうに、次々とフォークで口に運ぶ。シェフ冥利につきるというものだ。すっかり安心しきったような表情。僕を見つめる目にも親愛がこもっている。よかった。由紀恵は全てを理解し、納得してくれたのだ。

「ちょっとラタトゥイユの具が大きいかなあ。ナイフをもらえる？」

「ごめん、大ざっぱすぎたかな。シチューは離乳食でもいけるようにって小さめに刻んだから、あえてラタトゥイユは野菜のごろっとした感じが欲しくてさ」

「全然大ざっぱなんかじゃないよ。ただちょっと、今日は疲れてて嚙むのもしんどいから」

「そうだよね。待ってて」

僕はキッチンのシンク下の引き出しから、ナイフを取った。舞衣子が手を伸ばそうとするのを「こらこら、あぶないよ」とたしなめつつ食卓に戻ると、由紀恵の皿にのったラタトゥイユの具を切り始める。

「そこまでしなくていいわよ。自分でやる」

「何を言ってるんだよ。今日の主役じゃないか。それに切るのって結構疲れるだろ？　お姫様気分でゆっくりしてなよ」

「──そうね」

由紀恵は微笑み、刻まれた野菜を食べる。

「シチューもうないね。おかわりは？」

「お腹いっぱい」

「もう？　口に合わなかったかな」

もっと食べてくれると思ったのでがっかりしたが、

「今日は飲みながら、ゆっくり食べたいから」

と言ってくれたので、ほっとした。

「そうだよな。少しずつつまみながら飲もう」

僕は大皿に盛ったラタトゥイユの具材を切り終えると、ナイフを流しに置きに行った。

「あら、キャビネットの上の電話がなくなってるみたいね」

「大切な話だからね。誰にも邪魔をされたくないから、しまっちゃったよ」

「そうなの？　だけどスマートフォンにかかってきたら同じことじゃない？」

「そう思って、さっきポータブルの妨害機をオンにしたんだ」

「ふうん……すごく手の込んだことをするのね」

「そりゃあそうだよ。この先の一生が決まるんだから」

「それなら、もう戻してもいいんじゃない？　話は終わったし、良い方向に進んだんだから」

「念のため、あいつを葬るまではこのままにしておくよ」

「……やっぱり雅之の様子を見ておこうかな」

由紀恵が立ち上がる。

「いいよいいよ。せっかくの気分が台無しになる」

「だけど、みじめな姿を目に焼き付けておきたいの」

「ああ」思わず笑ってしまいながら、僕も立ち上がった。「そういうことなら」

ぐずり始めた舞衣子をあやしながら、廊下に出る。由紀恵がついてきた。洋室のドアを開けて電気をつける。冷え切ったフローリングの床に、頭巾をかぶり、裸におむつをつけ、手足を縛られた男が転がっている。背後で由紀恵が息を呑むのがわかった。

男は全く動かない。玄関から合鍵で入ろうとしたらU字ロックがかかっていたのでインターホンを押し、出てきたところを首筋に麻酔薬を注射して眠らせた。引きずって家の中に入り、舞衣子に汚いものを見せないように洋室へ運んだ。服を脱がせ、排泄に備えて介護用のおむつを穿《は》かせ、結束バンドで両手両足を縛り、口にタオルを突っ込み、方向感覚を失わせるために頭巾をかぶせ、今に至る。

途中できっと目覚めてあがいたのだろう、電気スタンドやマガジンラックが倒れている。かなり暴れたようだが、階下の住民に気づかれなくてよかった。体力を消耗し、再び力尽きたに違いない。

由紀恵が傍らに膝をつき、手首を取った。

「——生きてる」

由紀恵が言った。

「寒さで自然に死んでくれててもいいなと思ってたんだけど、まあ屋内じゃ無理だったかな」

「すごく体が冷たい。どうして裸なの？」

「もちろんすぐに解体できるようにだよ」

「そう……あのね、思ったんだけど、殺す必要なんてないと思わない？」

「え、どうして？」

「もう十分弱ってるし……このまま、そっとしておきましょう。わたしが離婚すればいいだけなんだし。ねえ?」

「ダメだよ。絶対に柿沼の二の舞になる。こいつを捨てたら恨まれて、いつどこで命を狙われるかわからないよ。それに、こいつは舞衣子と血がつながっていないからね。逆上すれば、舞衣子を傷つける可能性だってあるんだから」

「そんなこと……」

「君は何も心配しなくていい。君と舞衣子を守るのは僕の仕事だから、ね?」

舞衣子がますますぐずり、のけぞって泣き出した。

「よしよし。おねむかな?」

「ミルクかも。わたしがあげるわ」

「うーん」やはり勤務明けの手に預けるのは心配だった。「先にシャワーを浴びてきたら?」

「……そうする」

「哺乳瓶洗ってなかったかも。ごめん、すぐに洗って煮沸消毒するから」

「わかった」

僕は慌ててキッチンへ行って鍋に湯を沸かし、使いっぱなしだった哺乳瓶を洗った。暴れる舞衣子が僕の顔を叩いたりひっぱったりするので、いったん背負いなおす。

「ごめんなあ。今きれいきれいするから。そしたらママからミルクもらおうなあ」

沸騰した湯に、洗った哺乳瓶を入れた。洗面所からシャワーの音が聞こえる。さっき、シャワーを浴びる前の由紀恵に舞衣子を抱かせることを躊躇したのを思い返す。薄情だったが、咄嗟の自然な反応だった。やはり僕にとっては、舞衣子が一番大事なのだ。もちろん由紀恵のことも、妻として、舞衣子の母親として愛おしい。けれども昔抱いていたような、燃え上がるような愛情ではないのかもしれないと、さきほどの自分の行動から実感する。

それでいいのだ。おそらく由紀恵にとっても同じだろう。僕を男として愛してくれなくたって構わない。夫として、父親として慈しんでくれれば十分だ。夫婦というよりも、舞衣子を育てるチームメイト。舞衣子を中心とした家族でいられれば、きっと全てがうまくいく。

僕たちの新しい生活は、今始まったばかり。焦らず、ゆっくり、手探りで進めていけばいい。由紀恵はまだ戸惑っているようだが、久しぶりなのだから、ぎくしゃくするのは当たり前だ。さっき急に舞衣子を連れて飛び出したのも、不安だったからだろう。いや——僕が本当に反省したのかを試すつもりだったのかもしれない。昔の僕なら、勝手なことをするなと怒鳴りつけていた。だけど今日の僕を見て、生まれ変わったと信じてくれたはずだ。

七分ほど経った。煮立った鍋に、キャップや乳首を入れる。

「もうしゅぐだから待っててくだちゃいねー。アチチだから、暴れちゃダメでちゅよ。今は火から離れられないからね。おとなちくちててねー」

粉ミルクの缶を用意し、湯冷ましを冷蔵庫から取り出す。電気ケトルで湯を沸かすのは、由紀恵がシャワーから上がってからでいいか。

　こういう手間も、今は楽しくて仕方がない。これからは堂々と舞衣子の傍にいて、思う存分抱きしめ、世話を焼くことができるのだ。

　あの男が哺乳瓶の消毒をせず、何度かただ洗剤で洗っただけでミルクを作っていたことを思い出して、また腹が立った。舞衣子に物心がつく前に引き離すことができて、本当に良かった。あんな男のことが記憶に残らなくてなによりだ。

「舞衣子。僕のプリンセス。これからの人生の全てを、君に捧げます」

　芝居がかった調子で話しかけながら、鍋の火を消した。哺乳瓶ハサミで瓶、キャップ、乳首を湯からあげ、水切りかごに移動させる。とりあえずはこれで完了だ。

　手足をバタバタさせてぐずり続ける舞衣子を、いったんベビーベッドに置く。大声で泣きだすが、今は仕方がない。やることがあるし、汚いものを見せたくないのだ。

「さてと。あれはどこに置いたんだっけ」

　舞衣子の手が届かないところに置いたはずだった。あると思ったキッチンカウンターを捜したが、ない。料理の邪魔になるから、別のところにしたのだったか。うろうろと捜し回り、やっと食器棚の引き出しの中に見つけた——注射ケースを。

「ちょっと悪いおじちゃんをやっつけてきまちゅね。待っててねー」

　ベビーベッドの柵から手を出し、泣きながら僕に抱っこをせがむ舞衣子に、胸がきゅんとなる。

舞衣子のミルクタイムの前に、さっさと邪魔者は消しておこう。ケースのファスナーを開け、すでに筋肉弛緩剤を吸い上げてセットしてあるシリンジを取り出す。

全ては舞衣子の安心と安全のためだ。

今なら、なんだってできそうな気がしている。絶体絶命と思えた柿沼との闘いに勝利し、生還したことで、脳にアドレナリンが大放出されている。万能感に満ち溢れ、世界が輝いて見えた。

——僕は無敵だ。

鼻歌を歌いながら、シリンジを片手に洋室へと向かった。

7

哺乳瓶を消毒するために、博信がキッチンへと出ていった。水の音が聞こえてくる。

わたしはすかさずバスルームへ行ってシャワーの湯を最大量で出しっぱなしにし、再び洋室に戻った。シャワー中だと思わせているうちに、雅之の結束バンドを切らなければ。

急いでドレッサーの引き出しからメイク用ハサミを取り出す。しかし刃が小さすぎて切りにくく、何度もプラスチックの硬さに押し戻されてしまう。諦めて、先に雅之を起こすことにした。

夫の全身は冷え切っていて、呼吸は弱い。ベッドにあったブランケットをかけ、その上から体をさすってみる。

「しっかりして」

患者の意識レベルを確認する時のように、声をかけながら両肩を叩く。目を覚ます気配はない。

「起きて。お願い」

さらに強く叩き、揺さぶる。効果はなかった。

いつ博信がこちらに戻ってくるか、気が気ではない。雅之の胸骨を拳で圧迫する。手の甲をつねってみる。しかし目を開けるどころか、払いのけることもせず、弱々しい息をしているだけだった。

意識レベルは最低だ。わたしは泣きそうになった。まさかこのまま死んでしまう？　頭に触れると、腫れている。ひどく殴られたのだろう。

「お願い、目を覚まして――」

こんな形で夫を失うなんていやだ。再び得た家族を失うなんていやだ。わたしは何度も雅之の頰や肩を叩き、手の甲をつねり、体をさすった。

いくら摩擦しても、雅之の体は恐ろしいくらい冷たい。わたしはブラウスを脱いでブランケットに潜り込む。胸を密着させ、手を背中に回して必死にさすった。まるで冷え切った石のかたまりを抱いているようで、わたしの全身にも鳥肌が立った。

皮肉だと思った。長い間、互いの肌に触れていなかった。抱き合うことすらなかった。ずっと不満に思っていて、触れ合いたいと願っていた。それがこんな形で叶うなんて。

博信は、柿沼に襲われたことで生まれ変わったと言っていた。わたしも同じかもしれなかった。どうしてこれまで、雅之に不満を持ったりしたのだろう。セックスレスとはいえ、それ以外は人並みに幸せだったのに。そもそも、雅之がこんな目に遭わされたのは、わたしのせいなのだ。わたしと一緒になりさえしなければ、こんな風に襲われずにすんだ——

キッチンの水の音が止まった。足音が近づいてくる。わたしは急いでブランケットを剝いで、ベッドの上に戻した。ブラウスに腕を通し、ボタンを留めようとするが、指が震えてうまくいかない。

どうしよう。

どうしよう——

まだ前がはだけた状態のまま、ドアが開いた。

博信の手には、注射器がある。

「あれ。シャワー浴びてるんじゃなかったの？」

訝《いぶか》るように、シャワーの音がするバスルームと、わたしを見比べる。

「お風呂場が寒いから暖めておこうと思ったの。ヒートショックが心配な季節でしょ？　そろそろいいかなと思って、ちょうど服を脱ぎかけてたところ。んもう、変なタイミングで入ってこないでよ」

わたしは恥じらうようにブラウスの前を掻き合わせた。博信は「ごめんごめん。いいじゃん、もともと夫婦だったんだからさ」と目尻を下げた。よかった。うまくごまかせた。

「――その注射は何？」

「ああ、レラキシンだよ」

息を呑んだ。筋弛緩剤で、注射すれば心停止してしまう。

「そんなものを打たなくても、放っておけば死ぬわよ」

「言ったじゃないか。さっさとやって安心したいんだ。舞衣子のためにね」

博信が床にしゃがみ、注射針のキャップを取る。

「待って」

慌ててその手を止めた。

「舞衣子を、殺人犯の子供にするのはいやだわ」

「殺人犯にはならないよ。つかまらないから」

「そうはいかないでしょう。日本の警察は優秀だもの」

「死体が出なければいい。僕なら跡形もなく片づけられるだろ？」

博信が無邪気に、そして自信たっぷりに笑う。

ぞっとした。

そうだ。外科医である博信はきっと見事に全身から失血させ、解体し、処理することができる。死体が出なければ、事件にできないと聞いたことがある。

「だけど……手を汚したことは一生あなたの心について回る。舞衣子に堂々と接することはできる？　きっと後ろめたいわ」

「忘れたの？　僕はもう、柿沼を殺してるんだよ」

ふっと鼻で笑った。

「だけど、あいつは悪い男だから――」

悪い男だから殺していいわけじゃない。殺していい人間なんていない。だけど今はそう言って説得するしかない。

「僕から見たら、こいつだってじゅうぶん悪い男だよ。害虫以下だ」

目つきが鋭くなった。

博信にとっては、柿沼も、雅之も、同じに見えるのだ。

「やっぱりわたし、いやだな」

博信の手を、そっと握った。

「こんな男を、あなたがわざわざ殺すことなんてない。どのみち瀕死だし、これ以上あなたの手を血で汚さないでほしいの。せっかく三人で新しい生活を始めるのよ。門出にふさわしくないわ——そう思わない？」

握った手を両手で包み、必死に訴える。

「それに、もしも大きくなったときに、このことを知ったら、舞衣子は悲しむと思う」

「そうかな……でも……」

博信は逡巡するように目を伏せる。あと一息だ。

「そもそも、注射で楽に死なせてやることなんてないのよ。捨て置かれて死ぬのがふさわしいんだわ、こんな男！」

わたしは心の中で謝りながら、雅之の脚を思い切り蹴ってみせる。幸か不幸か、反応はなかった。

博信は黙って考えていたが、やがて納得したように頷いた。

「確かに由紀恵の言う通りだ。わかった、そうするよ」

博信が、注射針のキャップを締め直す。

よかった——

わたしは安堵で、力が抜けそうになった。

「じゃあリビングに戻って、お祝いの続きをしましょう」

「舞衣子のミルクは？」

「今あげるわ」

「だったらシャワーを浴びないと」

「そうだったわね……うーん、やっぱりあなたにミルクあげてもらおうかな。今シャワーを浴びたら、風邪を引いちゃいそう」

「いいよ、僕がやる。由紀恵は無理しない方がいい。夜勤明けなんだしね」

博信は注射器を片手に持ったまま、バスルームへ向かった。水の音が止まると、舞衣子の泣き声が聞こえてくる。

「じゃあミルクあげとくね。シャンパンも用意しておくから、早くおいで」

廊下から顔を出した博信は、そう言って微笑むと、キッチンへ戻った。

わたしはすかさず雅之のそばにしゃがみこむ。再び頬や肩を叩き、体をゆするが、やはり効果はない。

お待たせー、ミルクでちゅよー、という舞衣子をあやす声。泣き声が止まった。今のうちに下に降りて、助けを呼びに行こうか。博信は絶対に舞衣子を傷つけたりはしないのだから。

——いや、ダメだ。舞衣子を置いてはいけない。その間に博信に感づかれて、舞衣子を連れて姿を消されたら終わりだ。

「雅之、お願いだから起きて」

わたしはメイク用ハサミを太ももに突き刺した。刃を抜くと皮膚に血がにじむ。雅之がかすかに眉を寄せ、呻き始めた。

もう少しだ！　わたしはもう一度、さらに強めに刺す。雅之の体がびくりと反射を示し、急に気管に空気が流れ込んだからだろう、激しく咳き込んだ。

慌てて彼の口元を押さえる。博信に聞こえてしまったのではないだろうか。雅之がさらにむせたので、再びブランケットをかぶせた。その下から聞こえるくぐもった咳の合間に、博信が舞衣子をあやす声が聞こえてくる。大丈夫だ。ばれていない。

咳が治まったようなので、ブランケットを剝がす。雅之は焦点の定まらない目をうっすらと開け、荒い息をしていた。

「大丈夫？」

反応がない。ハサミで手の甲を軽くつつくと、ぱっと体を起こし、床に尻をつけたまま後ずさった。

「雅之、わたしよ」

目の焦点が、わたしに定まる。恐怖で凍りついていた顔が泣き出しそうに歪み、すがるように倒れ込んできた。

「……よかった、助かった。急におかしな男が押し入ってきたんだ。それで――」

「しっ」

唇に指を立てて黙らせる。

「まだいるのよ」

「え？」

雅之の顔が、ふたたび恐怖で強張《こわば》る。

「君は大丈夫だったのか？」

「大丈夫よ。それより結束バンドを切らないと」

雅之が手足の位置をずらしてすき間を開けてくれると、なんとか切断することができた。

やっと自由になった手で、雅之はわたしを抱きしめた。

「あの男は？」

「キッチンよ」

「警察は呼んだのか？」

「妨害電波で圏外にされてるの。固定電話も隠されて」

「くそ。じゃあこんなことしてる場合じゃない。早く逃げないと」

雅之は椅子にかけてあったスウェットの上下を身につけた。

「ダメなの。舞衣子を奪われてる。あいつがミルクをやってるの」

「ミルク？　どうして」

強盗か何かだと思っていたのだろう、雅之は眉を寄せた。

「前の夫なの。舞衣子可愛さに、よりを戻しに来たのよ」

「前の？　もう縁を切ったって言ってたじゃないか」

「わたしはそのつもりだった。引っ越し先だって言ってない。舞衣子との面会も認めてない。それなのに、追いかけてきたの」

「くそ……」

　雅之は床に丸まったブランケットを拳で打った。

「じゃあ由紀恵は助けを呼んできて。僕はここで、あいつが舞衣子ちゃんにおかしなことをしないか見張っておく」

「わたしだけ逃げるなんていやよ」

「逃げるわけじゃない」

「それに、あいつに呼ばれた時にわたしがいないと、すぐにばれるわ。わたしはここを離れられない。あなたが助けを呼んできて」

「君と舞衣子ちゃんを置いていけるわけないだろう！」

　こんな時なのに、胸が熱くなった。この人は、身を挺《てい》してわたしと舞衣子を守ろうとしてくれている。特に嬉しいのは、舞衣子のことをこれほどまでに想ってくれていたことだ。

　雅之が実の子ではない舞衣子のことを、実際のところどう思っているのかわからなかった。デリケートな問題だから、「心から可愛いと思う？」などとは聞けない。聞いたら、きっと傷つけてしまう。

だけど思いがけず、雅之の行動が物語ってくれた。涙が出そうだった。

「逃げるわけじゃないってあなたが言ったのよ。時間がないわ。早く行って。あいつは舞衣子を傷つけたりはしない。わたしが時間を稼いでいる間に、あなたが助けを呼んできてくれれば、わたしたちは助かるの」

「——わかった」

雅之はしぶしぶ頷いた。腋の下にわたしは肩を差し入れて、雅之を立たせる。

——こいつは舞衣子と血がつながっていないからね。

博信の声が頭にこだまする。

——虐待だってネグレクトだってありえる。

あんたは間違ってるわ、とわたしは心の中で博信に告げた。

雅之に肩を貸し、ゆっくりとドアまで行く。雅之がふらつくのを、必死で支えた。音をたてないように開け、そうっと廊下に出る。玄関の方に進もうとして——わたしは息を呑んだ。

玄関の前に、両手にナイフを持った博信が立ちはだかっていた。

「——残念だよ、由紀恵」

心から悲しそうに言った。

「様子が変だと思った。僕の勘が外れてほしいと願ってた。それなのに——ああ、残念だ。すごく、すごく残念だ」

その顔には怒りは一切なく、まるで泣き出しそうな表情だった。

「由紀恵は……僕と一緒に舞衣子を育てる気はないんだね？」

博信が一歩近づいてくる。反射的に、わたしと雅之は一歩あとじさった。

「僕のことを理解してくれてると思ったけど、あれは全部嘘？」

「それは……」

「もしかして、この男を助けるための出まかせだった？」

刃が突きつけられる。またわたしたちは後退する。

「由紀恵は僕と新しい生活をスタートさせるべきだ。そのためには、この男は邪魔なんだよ」

「お願いだから、わたしたちのことは放っておいて。二度とかかわらないで。今すぐ出て行ってよ。そしたら誰にも何も言わないわ。ずっと秘密にするから」

「ここから僕が出て行くときは、舞衣子も一緒だ」

ナイフを手に博信はじりじりと迫ってくる。玄関がどんどん遠のいていき、わたしたちはついにリビングまで追いやられた。

「舞衣子の幸せのことを、もう一度冷静になって考えてくれ」

「考えてるわよ。だからこそ、あなたには舞衣子のそばにいてほしくないの」

ベビーベッドを見る。舞衣子が柵につかまり立ちをし、きょとんと見ている。駆け寄って、抱き上げようか？　いや、ダメだ。博信はナイフを二本も持っている。博信が舞衣子を傷つけることはなくても、万が一手が滑ることもあり得る。ベビーベッドはリビングの隅にある。あそこにさえいれば舞衣子は安全なのだ。

　ああ、いったい、どうしたらいいんだろう——

　一生懸命考えていると、急に、ふっと体が軽くなった。肩にかかっていた体重が、消えたのだ。

　雅之は博信の足にタックルしていた。まさか足から来るとは思っていなかったのだろう、博信は不意を突かれ、床に倒れた。ナイフを両方とも取り落とし、馬乗りになった雅之に自由を奪われていた。

　しかし雅之はまだ本調子ではない。博信が蹴り上げると、簡単に形勢は逆転した。博信は雅之の首に両手を回し、ぐいぐいと体重をかけている。苦しげにばたついている雅之の手足の動きが、すぐに弱々しくなっていく。

　わたしは床に落ちたナイフを探した。一本は見当たらなかったが、もう一本は掃き出し窓の近くに転がっている。わたしは急いでそれを拾った。

　しかし手に取って振り返ると、博信はわたしのすぐ背後に立っていた。その手にはもう一本のナイフが握られ、刃が向けられている。わたしは悲鳴をあげた。床には、動かなくなった雅之の体が投げ出されていた。

「雅之!?」

呼びかけても動かない。目の前が真っ暗になった。

「こんなことをするなんて。やっぱりあなた、おかしいわ……！」

ナイフごと博信目がけて突っ込んだ。が、簡単にかわされてしまう。

いくらわたしがナイフを持っていても、体格の差から、圧倒的に不利だった。だけど、負けるわけにいかない。何が何でも舞衣子を守らなくては。

互いに、じりじりと間合いを詰めていく。

博信が、ふっと笑った。

「僕がおかしいって？　由紀恵だって、変わらないのに」

「――何を言ってるの？」

「そのナイフで何をするつもり？　僕を殺すつもりなんだろう、舞衣子を守るために。だったら、僕とまったく同じじゃないか」

博信が高らかに、さもおかしそうに言った。舞衣子のために命を張っている自分を、侮辱された気がした。

「同じはずがないでしょう！」

わたしは叫びながら突進した。しかしよけられ、横から思い切り体当たりされた。ソファにぶつかり、コーヒーテーブルで頭を打って、あおむけで床に倒れる。

血の味がする。口の中を切ってしまったらしい。ナイフが手から消えていた。かすむ視界に博信の顔とナイフが迫ってくる。

その時——

切っ先が、頼りなく揺れた——かと思うと、音を立てて床に落ちる。博信が大声で叫び、その場でくずおれた。

博信の背に、雅之が覆いかぶさっていた。

——雅之……よかった、生きてた……。

博信の左脇腹あたりに据えられた雅之の両手は、真っ赤に濡れていた。両手の間から、ナイフの柄が見える。雅之は放心したように、動かなかった。しかし博信の苦しげな呻き声で我に返ったのか、博信の体から離れた。

「どうしよう……大変なことを……」

雅之は血で染まった自分の体を見おろした。全身は震え、声は裏返っている。

わたしはうつぶせのまま呻き続ける博信の傷を確認する。ほぼ力尽きていた雅之にはこれが限界だったのだろう、幸か不幸か、刺創は浅かった。しかも刺さっているのは一番下の肋骨と骨盤の間で、博信の様子と出血の具合から見ても、臓器に達していないようだ。

博信も顔を歪めつつ、首だけを起こして傷を吟味し、そう当たりをつけたようだ。しかし呼吸するたび鋭い痛みが走り、下手に動けば刃が臓器を傷つけるとわかっている。それでもナイフを抜けば大出血をするので、抜いてはならない。だから動かず、じっとしていた。

「僕はひ……人を殺して――」

雅之のすっかりおびえきった顔には、アザや傷ができている。わたしのせいで怪我をさせ、あげくに手まで下させてしまった――

「大丈夫よ、致命傷じゃないわ」

わたしはキッチンからタオルを持ってきて、ナイフの周りに敷きつめ、博信自身の手で押さえさせて止血する。

「あなたは誰も殺してないし、殺させない。そもそも完全に正当防衛だし、今すぐ救急車を呼べば助かる。――博信、固定電話はどこ？」

博信は苦しげに、目でリビングとつながっている和室の押し入れを示した。雅之がよろめきながら駆けよる。電話は無造作に布団の間に詰められていた。大急ぎで引っ張り出し、キャビネット近くにあるモジュラージャックにつないだ。

「早く呼んでくれ……僕は死ぬわけにいかないんだから」痛みをこらえるように荒い息をしながら、博信が言う。「ずっとずっと……舞衣子のそばにいてやらないと」

わたしはダイヤルパッドを一、一、まで押した雅之の手を止め、振り返った。

この男が病院に運ばれれば助かり、柿沼を殺したこと、そして我が家への不法侵入や雅之に暴力を振るったことで裁かれるだろう。だけど柿沼の場合は正当防衛または過剰防衛が認められて死刑になることはなく、きっと数年ほどで社会に戻ってくるはずだ。

そうしたら必ず、博信はものすごい執念でわたしと舞衣子を捜し出す。舞衣子のためならこの男はなんだってするのだ。今日のようなことを。そしてそれ以上のことも。

だけどもし……

わたしはごくりと喉を鳴らす。

もし救急車を呼ばなければ……

雅之の手から子機を取り上げ本体に戻すと、雅之が目を見開いた。

「由紀恵?」

「おい、何してる、早く呼んでくれよ」

このまま放っておけば失血死する。わたしたちが手を下すわけじゃない。何もしなければ、勝手に死んでくれるのだ。

――そのナイフで何をするつもり? 僕を殺すつもりなんだろう? 舞衣子を守るために。だったら、僕と全く同じじゃないか。

さっきの言葉がよみがえる。

違う。同じじゃない。わたしたちはこの男に命の危険にさらされたんだもの。

そうよ。

きっと許される。これは舞衣子を守るためだ――

「由紀恵、お願いだ」

博信の顔面は蒼白で、呼吸も浅い。急に、脳裏にこれまで受け持ってきた患者さんたち、今日旅立ってしまった高峰遼子の顔が重なり、ハッとする。わたしが看護師になったのは、人の命を救うためだったはずだ。ここでこの男を見殺しにすれば、きっと後悔する。この先一生、人間として、母親として、舞衣子に胸を張って接することはできない。

そう。ここにいるのは前の夫でも、舞衣子の父親でもない。

心が壊れ、体にも傷を負ったひとりの患者なのだ――

わたしは目を閉じて息を大きく吐くと、子機を取った。安堵する雅之の目の前で、迷いなく一、一、九と押す。

「怪我人です。救急車をお願いします。場所は――」

*

すっかり空っぽになった２ＬＤＫの部屋には、西日が差し込んでいた。貴重品を入れたキャリーケースだけが、フローリングの床に寂しく影を落としている。

「手狭だと思っていたけど、こうしてみると割と広かったんだな」

雅之が感慨深げにため息をついた。

「舞衣子ちゃーん、次のおうちはもっと広いからね。舞衣子ちゃんのお部屋もあるよ」

わたしの胸に抱っこされている頰を雅之がつつくと、舞衣子はきゃっきゃと手足をばたつかせた。

今日はかねてから検討していた分譲マンションの入居日だった。さっき引っ越し業者が来て、家具や段ボール箱など、全てを運び出していった。わたしたちはこれから車で現地に向かうことになっている。今夜からしばらくは、段ボール箱に囲まれて暮らすことになるだろう。

あの事件から三か月が経つ。その間に、雅之はすっかり変わった。

これまで「別に一生賃貸でいいんじゃない」とのらりくらりしていたのが、自分の家を欲しがるようになった。もちろん、事件が起こった部屋に暮らし続けたくないという理由も大きかっただろう。けれども引っ越し先として賃貸でなく分譲を選んだのは、大きな変化だった。

手取りが少なくてもストレスのない職場がいい、とうそぶいていたのが、大手の病院に転職した。仕事は忙しく、厳しくなるが、経済的な安定が欲しいと言う。しかし育児にもこれまで以上に参加したいからと、完全週休二日制という条件は譲らなかった。金銭面と生活面のどちらも充実させるのだと、本人は意気込んでいる。

全般的に手堅い考え方をするようになった。いつ死ぬかわからない、何が起こるかわからない、だから刹那的に生きていたくない、地に足をつけた生活がしたい——そう痛感したのだそうだ。

引っ越すにあたって、舞衣子はせっかく馴れた保育園を退園することになった。引っ越し先では、わたしが退職したので保育園には入れないが、近くにある幼稚園が二歳未満でも預かってくれるプレプレ保育を実施しており、そこに通えることになっている。マンション開発に合わせてオープンした新しい園で、広々とした園庭と、木のぬくもりを大切にした部屋を、見学に行ってひと目で気に入ってしまった。

新しいマンションから通う子供たちが多いので、きっと舞衣子にはたくさんの新しい友達ができるだろう。そしてわたしにも、たくさんのママ友との出会いがあるはずだ。

「さあ、そろそろ行こうか」

キャリーケースを持ち、雅之が言った。

「そうね」

わたしは舞衣子を抱っこしたまま、最後に部屋をぐるりと見まわす。リビングルームの、掃き出し窓のあたりが目に留まった。博信が倒れていた場所。あれから一命をとりとめた博信は、医療施設に留置されながら判決を待っている。

あの時激情に任せて見殺しにせず、本当によかった。もしもそうしていたら、わたしは何かを失っていた。こんな風に堂々と幸せを求めることはできなかっただろう。

「引っ越しが終わったらさあ、近くにあったお蕎麦屋さんに行こうよ」

雅之が言った。

「あの古民家風の？　わたしも内覧会の時に通りかかって、行ってみたいと思ってた！」

「確か隣に雑貨屋もあったな。帰りに寄って、タオルを買おう」

「タオルなんてたくさんあるじゃないの。収納に困るくらいよ」

「違う違う。ご近所さんに挨拶しないと」

「わたしたちだけが新参者じゃないわ。全世帯、新しく引っ越してくるのよ」

「だけどうちは小さな子がいるしさ。同じ階の人と真下の部屋の人には迷惑をかけるかもしれない。やっぱり挨拶はしておくべきだよ」

「確かにそうね。あなたがこんなに律儀な人だとは思わなかったわ」

「新生活を気持ちよく始めるためにね。舞衣子ちゃんのためにも、ご近所さんとはうまくやっていかなくちゃ」

　ねえー舞衣子ちゃん、と雅之は娘の顔を覗き込んだ。

「さてと。舞衣子ちゃんは僕が抱っこするよ」

「いいわよ。キャリーケースもあるし、大丈夫」

「無理しちゃダメだよ。お腹に負担がかかったらどうするの」

　雅之は手際よくベビーキャリアを装着すると、舞衣子ちゃーん、こっちおいでーと声をかけながら引き取った。舞衣子はご機嫌で、きゃっきゃとはしゃぎながら雅之の首にしがみつく。

　手堅くなったこと以外にも、雅之が変わったことはもう一つある。

　いつ死ぬかわからない——そう思い知った彼は、生きることや命をつなぐことに執着するようになり、その結果、わたしは新しい命を得ることができた。雅之はとても喜んでいるし、舞衣子も幼いなりに、小さな家族が増えることを理解し、楽しみにしているようだ。

　これから、わたしたちの人生の第二章が始まる。まだ何も書かれていない章。ひとつのしみもない、新しいページ。わたしはそこに、平穏な家族の人生をつづっていく。

　わたしたちは微笑みを交わすと、振り返らずに廊下を進み、玄関のドアを出る。

　そして全てを封印するように、しっかりと鍵をかけた。

本書は「小説推理」二〇二〇年三月号～九月号に
連載された同名作品に加筆、訂正したものです。

秋吉理香子●あきよし りかこ

早稲田大学第一文学部卒。ロヨラ・メリーマウント大学院にて、映画・TV製作修士号取得。2008年「雪の花」で第3回Yahoo! JAPAN文学賞を受賞。09年に受賞作を含む短編集『雪の花』にてデビュー。13年に発表した『暗黒女子』は映画化され評判となった。他の著書に『聖母』『放課後に死者は戻る』『婚活中毒』『ガラスの殺意』『灼熱』『自殺予定日』『哀愁しんでれら　もう一人のシンデレラ』などがある。

監《かん》禁《きん》

2021年9月19日　第1刷発行
2022年3月16日　第4刷発行

著　者—— 秋吉《あきよし》理《り》香《か》子《こ》

発行者—— 箕浦克史

発行所—— 株式会社双葉社

東京都新宿区東五軒町3-28　郵便番号162-8540
電話03(5261)4818〔営業〕
　　03(5261)4831〔編集〕
http://www.futabasha.co.jp
（双葉社の書籍・コミック・ムックが買えます）

DTP製版——株式会社ビーワークス

印刷所—— 大日本印刷株式会社

製本所—— 株式会社若林製本工場

カバー印刷—— 株式会社大熊整美堂

ISBN978-4-575-24440-3 C0093

好評既刊

犬がいた季節

伊吹有喜

ある日、高校に迷い込んだ子犬。生徒と学校生活を送ってゆくなかで、その瞳に映ったものとは——。昭和から平成、そして令和へ。いつの時代も変わらぬ青春のきらめきを描いた傑作小説。

定価一六〇〇円＋税

四六判上製